KB062333

로크미디어가
유혹하는
재미있는 세상

ROK
MEDIA
로크미디어

# Taming Master
# 테이밍 마스터

# 테이밍 마스터 15

2017년 5월 10일 초판 1쇄 인쇄
2017년 5월 15일 초판 1쇄 발행

**지은이** 박태석
**발행인** 이종주

**기획 팀** 이기헌 송윤성 왕소현
**책임 편집** 최이슬

**발행처** (주)로크미디어
**출판등록** 2003년 3월 24일
**주소** 서울시 마포구 성암로 330 DMC첨단산업센터 3층 314호
Tel (02)3273-5135  Fax (02)3273-5134
**홈페이지** rokmedia.com  **E-mail** rokmedia@empas.com

ⓒ 박태석, 2016

값 8,000원

ISBN 979-11-6048-768-8 (15권)
ISBN 979-11-5960-986-2 04810 (세트)

# Taming Master

15

|박태석 게임 판타지 장편소설 |

# 테이밍마스터

ROK
MEDIA
로크미디어

# CONTENTS

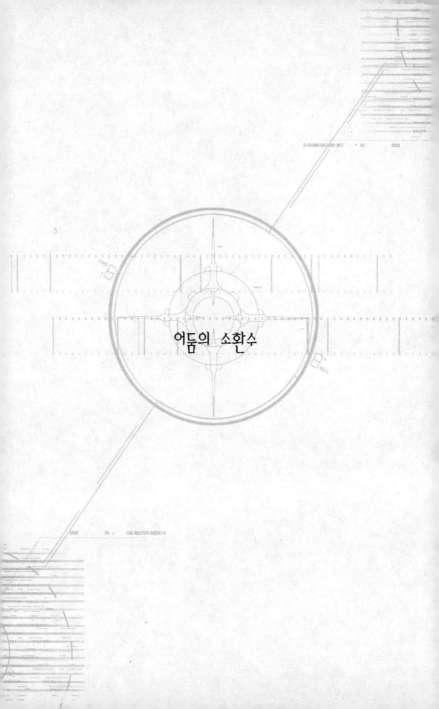

어둠의 소환수

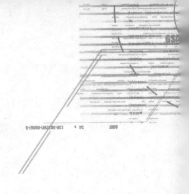

짙은 어둠 속에 잠긴 데이드몬의 신전.

하지만 놀랍게도 이안의 파티원들에게는 이 어둠 속이 훤히 들여다보였다.

심지어는 은신 상태인 어둠의 소환수들까지도 말이다.

훈이는 당황한 표정이 되어 이안을 응시했다.

"형, 이런 괴랄한 스킬은 언제 생겼어?"

"글쎄, 언제였더라…….."

"아니, 그게 중요한 게 아니지, 이런 좋은 게 있는데 지금까지 왜 안 쓴 거야?"

"그야 쓸 일이 없었으니까."

카카의 고유 능력인 '꿈꾸는 악마'.

이 스킬은 그저 모든 파티원의 공격력을 5퍼센트만큼 증가시켜 준다는 버프 효과 하나만으로도, 충분히 좋은 스킬이었다.

하지만 지금까지 훈이와 사냥하면서, 이안은 단 한 번도 이 스킬을 발동시킨 적이 없었다.

5퍼센트라는 공격력 버프 효과가 필요 없어서는 아니었다.

단지 만약의 상황에 대비하기 위해 아끼고 있었던 것이다.

'언제 은신 가능한 적이 튀어나올지도 모르는데, 5퍼센트 버프 얻자고 이 스킬을 계속 사용할 순 없지.'

그리고 이안이 대비하고 있던 그 상황이 지금 도래한 것이었다.

훈이는 괴물 보는 듯한 눈으로 이안을 힐끔힐끔 응시했다.

'원래도 상대하면 안 되는 형이었지만, 이제 이 형한테 덤비면 그냥 묵사발 나겠어.'

'꿈꾸는 악마' 능력은 그야말로 흑마법사 클래스의 천적과도 같은 스킬이다.

범위 내에 있는 파티원 전부에게 어둠 속성 피해를 50퍼센트만큼 감소시켜 주는 효과가 바로 그 이유였다.

그리고 이 스킬이 발동된 이상, 엄청나게 강력해 보였던 눈앞의 적들은 이제 너 이상 이안 파티의 상대가 될 수 없었다.

어둠 소환수들의 모든 공격은 어둠 속성인 데다, 은신 능력까지 무용지물이 되어 버렸기 때문이다.

게다가 적들의 큰 기술들은 죄다 빠져 있는 상태였다.

이제 그냥 쓸어 담을 일만이 남은 것이다.

"카르세우스, 뿍뿍이, 준비!"

이안의 말에 두 신룡이 허공으로 날아오르며 입김을 빨아들였고, 거대한 기의 파동이 신전 전체를 울리기 시작했다.

고오오오-!

그 다음은 일사천리였다.

콰아아앙-!

두 마리 드래곤이 뿜어낸 브레스가 어둠의 소환수들을 초토화시켰으며, 남은 적들은 라이와 카이자르가 도륙내기 시작했다.

그 와중에 어둠이 짙어진 전장 이곳저곳에서 훈이가 소환한 언데드들이 일어나고 있었다.

강력한 힘을 지닌 데스나이트만도 다섯 기에, 열 기도 넘는 골렘과 수를 헤아릴 수 없는 해골군단이 어둠의 소환수들을 향해 달려든 것이었다.

-어둠의 군주, 임모탈 님을 위하여!

-크르륵, 이곳은 어둠의 땅. 내 힘을 보이기 적합한 장소로군.

-드르륵, 드르륵.

띠링-.

-어둠의 대지는, 언데드들의 고향과도 같은 곳입니다.

-어둠의 대지에서 일어선 언데드들은, 생명력이 300퍼센트만큼 빠

르게 회복합니다.

　-언데드에 한해 '꿈꾸는 악마' 고유 능력의 버프 효과가, 5퍼센트가
아닌 35퍼센트로 적용됩니다.

　-모든 언데드들의 소환유지 마나 소모량이 절반으로 줄어듭니다.

　고유 능력의 설명에도 없었을 뿐더러 누구도 예측하지 못
했던 상황이 펼쳐졌다.

　훈이 뿐만 아니라 이안마저 어안이 벙벙해졌다.

　'뭐지? 꿈꾸는 악마에 이런 부가 효과가 있었어? 부연 설
명도 없었는데…….'

　이러한 경우가 아주 없는 것은 아니었다.

　속성 관련 광역 버프 스킬의 경우, 따로 스킬에 설명이 없
어도 해당 속성의 아군이 더 강한 버프를 받게 되는 일이 종
종 있다는 사실은 이안도 알고 있었다.

　이것은 공식 카페의 공략 게시판에도 올라와 있는 내용이
었다.

　하지만 이렇게 엄청난 효과가 부여되는 경우는 본 적도,
들은 적도 없었다.

　키에에엑-!

　그리고 죽음의 전주곡을 연주했던 그림리퍼가, 새파란 안
광을 내뿜으며 허공으로 떠올랐다.

　-감히…… 인간 따위가!

　쿠오오오-.

또다시 기의 파동이 밀려들었다.

하지만 이안은 전혀 걱정하지 않았다.

만약 죽음의 전주곡이 한 번 더 펼쳐지더라도, 이 어둠의 대지 안에서라면 버텨 낼 자신이 있었다.

"라이, 카이자르, 저놈부터 잡자."

"알겠다, 주인."

"그러도록 하지."

핀의 등에 올라탄 이안이 날아올랐다.

둘과 함께 합공할 생각이었기 때문이었다.

'은신이 없다면, 네놈이 무서울 이유는 하나도 없지.'

이안은 정령왕의 심판을 휘휘 돌리며 허공에서 뛰어내렸다.

어둠의 소환수들이 많기는 했지만, 훈이가 새로 소환해 낸 언데드들과 이안과 카노엘의 소환수들이 이제는 더 많아진 상황이었다.

그들은 난전을 벌이는 중이었고, 그렇기에 그림리퍼를 지켜 줄 다른 어둠소환수들은 존재하지 않았다.

촤아악-!

핀 덕에 가장 먼저 도착한 이안이, 그림리퍼의 위로 뛰어내리며 정령왕의 심판을 휘둘렀다.

하지만 캐스팅 중이던 마법을 미처 취소하지 못한 그림리퍼는, 그대로 공격을 허용하고 말았다.

-어둠의 주술사 '그림리퍼'에게 치명적인 피해를 입히셨습니다.

-어둠의 주술사 '그림리퍼'가 캐스팅 중이던 모든 주문이 취소됩니다.

-'그림리퍼'의 생명력이 276,621만큼 감소합니다.

-으윽, 조금만 더 빨랐어도……!

공격당한 순간 캐스팅하던 마법이 취소되는 것은 당연한 이치다.

그림리퍼는 이안이 도달하기 전 마법이 발동할 것이라 계산했던 듯했다.

시스템 메시지를 확인한 이안이 씨익 웃으며 다시 달려들었다.

'뭐 하는 놈인지는 모르겠지만, 역시 방어력은 형편없군.'

사실 강력한 마법 공격을 펼쳐 내는 마법사가, 탱킹 능력마저 뛰어난 경우는 거의 없기는 했다.

쾅- 콰쾅-!

이안의 창과 그림리퍼의 낫이 마주 부딪친다.

상대는 마법사임에도 무기를 다루는 솜씨가 예사롭지 않았다.

'마검사…… 같은 건가?'

하지만 그것도 잠시.

라이와 카이자르의 협공이 이어지자, 그림리퍼는 순식간에 삭제되고 말았다.

-크아악! 내가 하찮은 인간 따위에게 소멸당하다니……!

진부한 대사만을 남긴 그림리퍼는 마치 허공에서 꺼지듯

연기와 함께 사라졌다.

띠링-.

-어둠의 주술사 '그림리퍼'를 성공적으로 처치하셨습니다.

-경험치를 5,789,899만큼 획득합니다.

-명성을 25만만큼 획득합니다.

하지만 떠오른 시스템 메시지를 보니, 놈이 어디로 사라진 것이 아닌 죽었다는 사실만은 확실한 것 같았다.

이안은 메시지를 읽으며 속으로 중얼거렸다.

'난이도에 비해 경험치는 좀 적은 것 같지만…… 명성치를 뭐 이렇게 많이 주는 거지?'

일반적으로 그림리퍼와 같은 네임드 몬스터를 처치하면, 5천~1만 정도의 명성치를 획득하게 된다.

레벨에 따라 다르긴 했지만, 현재 이안의 레벨대를 기준으로 책정한 수치였다.

그런데 이 그림리퍼라는 녀석은 25만이나 되는 명성치를 떨궜으니 놀라는 것은 당연했다.

하지만 이안은, 곧 그 명성치의 의미를 알 수 있었다.

띠링-.

-최초로 마신의 사자를 처치하셨습니다.

-'항마력' 능력치가 영구적으로 0.5퍼센트만큼 증가합니다.

-'마기 발동률' 능력치가 영구적으로 0.7퍼센트만큼 증가합니다.

-'마기' 능력치가 영구적으로 2,000만큼 증가합니다.

이안의 입가에 함박웃음이 걸렸다.

늘어난 수치가 그리 많은 것은 아니었으나, 전혀 예상치 못했던 소득이기에 기분이 더욱 좋았던 것이다.


그림리퍼를 시작으로 장내는 금방 정리되었다.

그렇지 않아도 전의를 상실한 어둠 소환수들은, 그림리퍼라는 구심점을 잃자 그대로 무너져 내려갔다.

하지만 그럼에도 이안은 약간의 의문점이 생겼다.

'소환수라는 것은, 소환의 주체가 사라지면 그대로 사라져야 하는 존재들인데…… 어떻게 아직까지 남아 있을 수 있는 거지?'

이안의 눈매가 살짝 가늘어졌다.

'혹시 소환술사는 따로 있는 건가?'

그림리퍼가 이 소환수들의 주인이라고 생각했었지만, 돌아가는 정황을 보니 그것은 아닌 것 같았다.

이안의 시선이 붉은 게이트를 향해 고정되었다.

그 해답은 저 안에 있을 것 같았다.

길드 퀘스트를 진행하고, 호왕 길드의 지부를 늘리기 위해 혼돈의 도시에 방문한 마틴과 체이스.

그들은 생각지도 못했던 난관을 만났다.

물론 그들은 그게 난관인지도 아직 인지하지 못한 상태였다.

띠링-.

-혼돈의 도시, 길드 퀘스트가 발동됩니다.

---

### 노블레스 얀쿤의 시험 (길드 퀘스트)

혼돈의 도시의 주인이자, 마계 서열 6위의 마왕인 릴리아나.

그녀는 얼마 전 새로 얻은 가신인 얀쿤에게 길드 관리 사무소를 맡겼다.

그리고 길드 사무소에 길드를 등록하기 위해서는, 관리소장인 얀쿤의 인정을 받아야만 한다.

그로부터 임무를 받아 완수하고, 혼돈의 도시에 길드를 등록하도록 하자.

**퀘스트 난이도** : 알 수 없음.

**퀘스트 조건** : 길드의 '마스터'만이 받을 수 있는 퀘스트이다.

**제한 시간** : 없음.

**보상** : 길드 명성 15만, 하급 마정석 10개, 노블레스 마족 얀쿤과의 친밀도.

(보상은 퀘스트에 참여하는 유저에 따라 달라질 수 있습니다.)

---

퀘스트 내용을 전부 읽은 마틴이 얀쿤을 향해 물었다.

"그렇다면 저희가 해야 할 일은 무엇입니까, 얀쿤 님."

마틴은 얀쿤에게 깍듯할 수밖에 없었다.

마계에서 서열과 계급은 절대적이었고, 상급 마족인 마틴과 서열 400위대인 노블레스 얀쿤의 차이는 어마어마한 것이었으니까.

만약 이 마계의 율법을 어긴다면, 곧바로 마계 NPC들의 분노를 사게 될 것이었다.

"흐음…… 허약해 보이는데, 그대들이 과연 내 시험을 통과할 수 있을지 모르겠군."

체이스야 마법사 클래스였기에 체형이 좀 호리호리한 것은 사실이었다.

하지만 마틴은 제법 단단한 체격을 가지고 있었기에 속으로 발끈했다.

'저 무식하게 근육만 큰 녀석이 지금 뭐라고 씨부리는 거야?'

하지만 속내를 드러낼 수는 없었기에, 마틴은 고개를 살짝 숙여 보이며 공손히 말했다.

"실망시켜 드리지 않겠습니다, 얀쿤 님. 임무를 내려 주시면 곧바로 수행하고 돌아오겠습니다."

얀쿤은 아직까지도 못마땅한 표정이었지만, 곧 고개를 끄덕이며 입을 열었다.

"알겠다. 그대들에게 임무를 한번 줘 보도록 하지."

마틴과 체이스는 안도하는 표정이 되었고, 두 사람의 눈앞에 시스템 메시지가 떠올랐다.

띠링-.

-분노의 도시 길드 사무소장 얀쿤으로부터 연계 퀘스트가 발동합니다.

**노블레스 얀쿤의 시험 I**

마계 31구역의 동북쪽에는, 최상급 마수인 세이런의 서식지가 존재한다.
세이런의 서식지로 이동해 최대한 많은 세이런을 사냥하고, 세이런의
알을 30개만큼 채집해 오자.
**퀘스트 난이도 : SSS**
**퀘스트 조건 : 길드의 '마스터'만이 받을 수 있는 퀘스트이다.**
**제한 시간 : 3시간**
**보상 : 얀쿤의 관심**
(보상은 퀘스트에 참여하는 유저에 따라 달라질 수 있습니다.)

세이런은 최상급 마수들 중에서도 무척이나 까다로운 녀
석이었다.

광역 둔화 스킬을 사용하며, 괴랄한 생명력 회복 능력을
가지고 있는 마수이기 때문이었다.

게다가 세이런의 둥지가 있는 서식지라면, 모르긴 몰라도
세이런만 수십 마리는 똬리를 틀고 있으리라.

마틴의 표정이 사색이 되었다.

'뭐 이런 지랄맞은 퀘스트가 다 있어?'

마틴의 능력으로 세이런을 사냥할 수 없는 것은 아니었다.

1:1의 싸움이라면 쉽게 이길 것이고, 세 마리 정도까지도
어찌어찌 해 볼 만했다.

하지만 문제는 군락이라는 점이었다.

세이런이 서로 회복능력을 걸어 주면, 전투가 답도 없는
미궁으로 빠질 위험이 있었다.

"……"

게다가 가장 큰 문제는, 이 미친 퀘스트의 제한 시간이 3시간밖에 되지 않는다는 점이었다.

　그리고 저 어처구니 없는 보상은 대체 뭐란 말인가.

　얀쿤의 관심이라니……

　'저런 근육돼지의 관심은 필요 없다고!'

　하지만 지금 중요한 것은 그런 게 아니었다.

　어떻게든 이 분노의 도시에 최초로 길드 등록을 해야만 했다. 그것이 길드에 가져다 주는 이득은 어마어마할 게 분명했다.

　마틴은 머리를 빠르게 굴렸다.

　'정상적인 방법으로는 3시간 내에 이 퀘스트를 완료할 수는 없어. 저 세이런의 알인지 뭔지, 저것만 빠르게 훔쳐 와야 해.'

　대략적인 계산을 마친 마틴이, 천천히 고개를 끄덕이며 얀쿤을 향해 대답했다.

　"실망시켜 드리지 않겠습니다, 얀쿤 님."

　얀쿤이 심드렁하게 대답했다.

　"뭐, 그래 보든가."

　그렇게 그들에게 지옥이 시작되었다.

　모든 어둠 소환수들을 처치한 이안은 다시 게이트를 밟

았다.

그리고 그전까지 작동하지 않던 게이트는 기다렸다는 듯 이안 일행을 빨아들였다.

전투에서 이기는 것이 이 게이트의 활성화 조건이었던 듯했다.

후우웅―.

공간이 뒤틀리더니 이안의 눈앞에 환한 빛이 들어왔다.

'뭐지? 여긴 왜 이렇게 밝아? 아예 다른 곳으로 이동한 건가?'

그리고 다음 순간, 이안은 헛바람을 집어삼켜야 했다.

이안 일행이 밟고 있는 바닥은 아래가 훤히 보일 정도로 투명했고, 그 아래로 데이드몬의 신전이 까마득하게 보였기 때문이었다.

아나나 다를까, 훈이가 비명을 질렀다.

"으아악, 이거 뭐야? 함정 아니야?"

"시끄러워, 인마. 좀 조용히 해 봐. 나도 무서우니까."

이안은 조심스레 발을 디뎌 투명한 바닥을 건드려 보았다.

그리고 아무런 문제가 없자 조심스레 걸음을 옮기기 시작했다.

'이건 마치…… 구름 위를 걷는 기분인데.'

이안은 오금이 저리는 것을 느꼈다.

그리고 시선을 절대 아래로 돌려서는 안 되겠다고 다짐

했다.

그 어떤 놀이기구를 탈 때보다 공포스러웠기 때문이다.

만약 여기서 추락하더라도 핀이 살려 주겠지만, 그래도 무서운 건 무서운 거였다.

그런데 그때, 어디선가 난데없이 박수소리가 들려왔다.

짝— 짝— 짝—.

이안 일행의 시선은 자동으로 그 소리가 들려온 방향을 향해 움직였고, 그곳에는 처음 보는 마족 하나가 서 있었다.

"흥미롭군. 그대들이 오랜만에 내 무료함을 달래 주었어. 예상을 깨는 존재란, 언제나 내게 즐거움을 선사하지."

이안은 그가 누군지 곧바로 알 수 있었다.

"네가 이 신전의 대신관……이라고 했던 녀석인가?"

이안의 말이 끝나기가 무섭게 마족의 신형이 사라지더니, 일행의 눈앞에서 불쑥 나타났다.

이안은 더욱 긴장했다.

'뭐야, 이건? 블링크도 아니고…….'

이안의 바로 앞에 다가온 남자는, 재미있다는 듯한 표정으로 입을 열었다.

"반마 주제에 무슨 깡으로 이 신전에 들어왔나 했더니, 인간으로서의 능력이 더 뛰어난 녀석이었군."

대신관 샤를론의 입꼬리가 말려 올라갔다.

"좀 건방지기는 하지만, 오랜만에 날 재미있게 해 줬으니

넘어가 주도록 하지."

이안의 시선이 슬쩍 마족의 머리 위로 향했다.

－대신관 샤를론 : Lv. 456/노블레스

그리고 자신도 모르게 흠칫 놀랐다.

'정말 괴물 같은 놈이네.'

만약 이놈과 싸움을 해야 한다면, 필패일 것이었다.

등급도 노블레스인 데다 레벨이 무려 450.

같은 노블레스라고는 해도 350레벨 정도인 노블레스들과는 차원이 다른 존재라고 할 수 있었다.

평균 레벨이 250 정도인 이안 일행이 결코 상대할 수 있을 만한 적이 아닌 것이다.

하지만 이렇게 되니 오히려 마음이 편해졌다.

300레벨대의 적들이 등장하던 맵에서, 보스급이라고는 하지만 갑자기 450도 넘는 적이 등장할 리 없다고 판단한 것이었다.

문득 궁금한 게 생긴 이안이 대신관 샤를론을 향해 입을 열었다.

"그런데 샤를론, 궁금한 게 하나 있는데 물어봐도 되나?"

태평한 표정으로 뜬금없는 말을 하는 이안을 보며 샤를론은 기가 찬다는 표정이 되었다.

보통 상급 마족 정도의 계급을 가진 이가 자신을 만나면 주눅이 들어 움츠러들기 마련인데, 이 이상한 녀석은 전혀 그런 기미가 보이지도 않았다.

그러자 오히려 샤를론은 자신의 판단이 잘못됐는지 생각해 보기 위해 골똘히 생각에 잠겼다.

하지만 방금 전의 전투를 다 지켜본 바, 절대로 자신의 상대가 될 만한 녀석은 아니었다.

만약 자신이었더라면, 방금 이안 일행이 상대했던 그런 '장난감들' 정도는 순식간에 지워 버릴 수 있었을 테니까.

'대체 뭐하는 놈이지? 예상보다 강하기는 했지만, 그래 봐야 애송이에 불과한 수준인데……'

흥미가 동한 샤를론이 이안을 응시하며 말했다.

"그래, 궁금한 게 뭔지나 들어 보도록 하지."

이안이 곧바로 물었다.

"네 마계 서열이 어떻게 되지? 내가 지금까지 봐 왔던 어떤 노블레스보다 강력한 것 같아서 말이야. 아니, 내가 봤던 노블레스들과는 비교도 되지 않을 정도로 강해 보이는군."

이안이 이것에 대해 물어본 이유는 간단했다.

마계 서열에 따른 전투력에 대한 데이터를 어느 정도 적립해 보고 싶었기 때문이었다.

그리고 샤를론의 두 눈이 살짝 커졌다.

그러더니 광소를 터뜨렸다.

"크하하하핫!"

정말 생각지도 못했던 질문이었기 때문이다.

이 녀석은 마치, 자신을 친구 대하듯 하고 있지 않은가.

마신의 신전을 지키는 대신관은 마계 안에서는 그야말로 지고한 신분이다.

마왕을 제외하고, 자신을 이렇게 편하게 대할 수 있는 녀석이 존재한다는 것이 샤를론은 무척이나 신기했다.

"그래, 좋아. 궁금하다니 가르쳐 주도록 하지."

샤를론이 씨익 웃으며 말을 이었다.

"내 마계 서열은 107위다. 당연히 네가 만났던 어쭙잖은 노블레스들과는 차원이 다를 수밖에."

그리고 이안은 궁금증이 해소되는 것을 느꼈다.

'마계 서열 107위라면 노블레스 중에는 서열 7위라는 이야기. 마왕에 근접할 정도로 강한 녀석이었군.'

그렇다면 레벨이 450이나 되는 것도 이해할 만했다.

샤를론이 다시 입을 열었다.

"그렇다면 이제 내가 묻겠다."

이안을 비롯한 일행의 시선이 샤를론의 입을 향했다.

그리고 샤를론의 입이 다시 열렸다.

"네놈들은 무슨 일로 이 데이드몬 님의 신전에 찾아온 거지? 데이드몬 님께서 '잡종'들을 증오하신다는 것 정도는 알고 찾아온 것 같은데."

여기서 잡종이란, 반마를 의미하는 것일 터.

마신 데이드몬은 진마가 아닌 마족을 인정하지 않는, 파괴

마의 성향에 가까운 신이었던 것이다.

데이드몬을 모시는 대신관인 샤를론 또한 당연히 반마들을 좋아하지 않았고, 그래서 이안 일행을 시험해 본 것이었다.

만약 이안 일행이 반마가 아닌 진마였다면, 어둠의 소환수들과 싸울 일 없이 곧바로 샤를론을 만날 수 있었으리라.

의아한 표정이 된 이안이 훈이를 향해 시선을 돌렸고, 훈이가 뒷머리를 긁적이며 천천히 앞으로 나왔다.

대충 눈치를 챈 이안이 눈을 가늘게 떴다.

"뭐야, 훈이, 그런 얘기는 없었잖아."

"아니 그게…… 나도 몰랐다고 하면 안 믿겠지?"

"너 같으면 믿겠냐?"

"……"

훈이는 데이드몬이 파괴마의 성향에 가까운 마신이라는 것을 당연히 알고 있었다.

퀘스트 창에 떡하니 쓰여 있었으니까.

훈이의 퀘스트는 애초에 대신관 샤를론을 만나는 것이었다.

샤를론을 만나 어둠의 증표를 전달하고, 데이드몬의 서를 읽어 보는 것이 훈이가 진행 중이었던 퀘스트 내용.

하지만 대신관이 순순히 반마를 만나 줄 리 없었고, 그렇기에 보험 삼아서 이안을 데려온 것이었다.

그리고 결과적으로, 이안을 데려온 것은 베스트 초이스였다.

이렇게 시험을 무사히 통과하고 샤를론을 만나게 되었으니까.

대신 이안의 분노를 사게 되었지만, 그것은 나중에 생각해 볼 문제였다.

이안의 눈치를 슬금슬금 본 훈이가 샤를론을 향해 걸어 나왔다.

"대신관 샤를론 님을 뵙습니다."

그에 이안을 응시하던 샤를론의 시선이 훈이를 향해 돌아갔다.

"네놈은 뭐지?"

"어둠의 신, 카데스 님의 사자로 이곳에 온 간지훈이라고 합니다. 데이드몬 님께 전해 드릴 신물을 가지고 왔습니다."

샤를론의 시선이 훈이의 면면을 쭉 훑었다.

"간지훈이라…… 어쩐지 기분 나쁜 이름이군. 그래, 가져 온 물건이라는 것은 뭐지?"

훈이는 살짝 울컥했지만, 가까스로 참아 내고 말을 이었다.

이 퀘스트는 훈이에게 있어서 너무도 중요하기 때문이었다.

"이것은 어둠의 징표. 신단에 올린다면 데이드몬 님께서 신탁을 내리실 것이라 했습니다."

샤를론은 훈이의 손에 들린 기이한 문양의 석패를 응시했고, 그것을 천천히 받아들었다.

어둠의 징표를 여기저기 뜯어본 뒤, 샤를론이 중얼거리듯 말했다.

"확실히 기묘한 힘을 지니고 있는 신물이로군. 여기서 잠시 기다려 보너라."

샤를론은 말을 남긴 뒤 어디론가 사라졌고, 잠시 후 일행의 눈앞에 시스템 메시지가 한 줄 떠올랐다.

띠링-.

-'어둠의 신 카데스의 심부름 Ⅲ'(히든) 퀘스트를 완료하셨습니다.

그것을 본 이안의 눈이 살짝 커졌다.

'어둠의 신 카데스라면 인간계의 다섯 신 중 하나인데……이게 그런 거물급 퀘스트였어?'

게다가 이미 많이 진척이 되었는지 세 번째 연계 퀘스트의 완료였고, 무려 히든 퀘스트였다.

'훈이, 이놈이 퀘스트 하나는 기가 막히게 물고 다니네.'

이안은 슬쩍 훈이의 퀘스트에 한 발 걸쳐 보고 싶은 생각이 들었다.

"지체할 시간이 없다. 빠르게 움직여! 2, 3조가 시간을 끄는 동안 세이런의 알만 빠르게 챙겨서 튄다!"

얀쿤의 퀘스트를 성공시키기 위해서, 마틴은 무려 호왕 길드의 3개 조를 끌고 왔다.

사실 이 정도의 전력이면 세이런의 군락과 전면전을 벌여도 되는 수준이었지만, 호왕 길드는 그러지 못했다.

　3시간이라는 말도 안 되게 짧은 제한 시간 때문이었다.

　세이런을 전부 처치하고 나면, 3시간이 아니라 아예 한나절이 훌쩍 지나가 버릴 게 분명했기 때문이었다.

　'제길, 이게 무슨 손해야. 시간만 많았어도 전부 사냥했을 텐데.'

　최상급 마수인 세이런들을 사냥했다면 얻을 수 있었을 경험치와 아이템들을 생각하자 마틴은 열이 뻗치는 것을 느꼈다.

　제한 시간 때문에 제대로 싸워 보지도 못하고, 길드원들만 죽어 나갔기 때문이었다.

　아마 알을 전부 챙겨서 빠져나갈 즈음이면, 시간을 끌던 병력들의 30퍼센트 정도는 사망할 것이 분명했다.

　'후, 일단 퀘스트부터 완수해 내는 게 중요하니까.'

　이런 언밸런스한 퀘스트를 만든 LB사에 대한 분노까지 치밀 정도.

　어쨌든 치밀하게 움직인 덕에 시간 내에 세이런의 알을 확보하는 것은 성공했고, 마틴과 체이스는 다시 얀쿤의 앞에 돌아왔다.

　"임무를 완수하고 돌아왔습니다, 얀쿤 님."

　속이 어쨌든 마틴은 최대한 공손한 자세로 얀쿤에게 세이런의 알들을 넘겼다.

하지만 그것을 받아 든 얀쿤은 아직도 심드렁한 표정이었다.

"흐음…… 임무를 완수하기는 했군."

그에 표정 관리를 하던 마틴은, 다시 똥 씹은 표정이 되고 말았다.

'아니, 완수하기는 했다는 말은 대체 뭐야?'

그리고 얀쿤의 말이 이어졌다.

"마틴, 그대는 내가 준 임무를 정확히 기억하는가?"

이 근육 돼지가 무슨 말을 하려는 건지 짐작이 되지는 않았지만, 마틴은 퀘스트 창을 열어 쓰여 있는 대로 대답해 보았다.

"얀쿤 님께서는 제게 최대한 많은 세이런을 사냥하고 그 알을 서른 개만큼 채집해 오라고 하셨습니다."

얀쿤이 벌떡 일어나며 말했다.

"그랬지! 그런데 자네들은 내 임무를 어떻게 처리했는가!"

"……?"

"세이런의 알이야 서른 개 정확히 채집해 왔으나, 처치한 세이런은 고작 열 마리도 되지 않는다는 것을 알고 있겠지?"

그제야 얀쿤의 말이 의미하는 것을 깨달은 마틴은, 울상이 되었다.

'아니, 그게 최대한 많이 처치한 거라고, 이 못생긴 놈아!'

하지만 그 같은 말을 입 밖으로 낼 수는 없었고, 마틴은 울며 겨자 먹기로 대답했다.

"죄송합니다. 좀 더 많은 세이런을 처치했어야 했는데……."

마틴의 사과에 조금 누그러진 얀쿤이 다시 입을 열었다.

"흐음, 무척 실망스럽기는 하나, 어쨌든 시간 내에 세이런의 알을 채취했으니 임무를 완수하기는 했군."

그리고 이어서, 마틴의 눈앞에 시스템 메시지가 떠올랐다.

띠링-.

-'노블레스 얀쿤의 시험 I' 퀘스트를 성공적으로 완수하셨습니다.

-클리어 등급 : D

-클리어 등급이 낮은 관계로, 획득 경험치와 금화가 80퍼센트만큼 감소합니다.

마틴은 어이가 없는 표정이 되었다.

'아니, 이게 무슨 개떡 같은 상황이야! 퀘스트 조건 다 충족시켰으면 B등급은 줘야지!'

하지만 마틴이 억울한 것과는 별개로, 얀쿤의 말은 계속 이어졌다.

"하, 주인이 보고 싶군. 주인이었다면 세이런의 군락까지 완벽히 궤멸시키고 돌아오셨을 텐데 말이지."

그 말을 들은 마틴은, 더욱 어처구니가 없었다.

'아니, 네놈 주인이 마왕 릴리아나라며. 마왕이랑 나를 비교하면 어쩌자는 거야?'

하지만 그것은 당연히 마틴의 오해였다.

지금 얀쿤이 말하는 주인이란, 이전에 모시던 주인인 이안을 애기하는 것이었으니까.

"어쨌든 임무를 완수했으니 다음 임무를 줘야 하기는 할 텐데……."

얀쿤은 마틴을 응시하며 한마디 덧붙였다.

"별로 기대는 되지 않지만, 어떤가. 다음 임무도 도전해 보겠는가?"

마틴의 표정이 더욱 구겨졌다.

이 근육 돼지는, 사람을 기분 나쁘게 하는 재주를 특별히 타고난 것 같았다.

마신의 신탁이 내려왔다.

그리고 당연하겠지만 그것은 연계 퀘스트, 혹은 퀘스트의 최종 보상과 이어질 것이다.

무려 '신'급의 두 존재를 이어 주는 퀘스트인 데다가 이미 세 번이나 이어진 연계 퀘스트.

이것 또한 당연한 얘기겠지만, 연계 퀘스트는 그 연계가 길어질수록 보상이 커진다.

그리고 이안과 훈이는 그러한 사실을 당연히 알고 있었다.

그렇기에 특히 훈이는 기대에 찬 표정으로 대신관 샤를론을 바라보고 있었다.

"마신께서 뭐라시던가요?"

샤를론은 종전보다 한결 누그러진 표정으로 대답했다.

아마도 신단에 공양한 신물이 마신의 마음에 들은 모양이었다.

"마신께서 기뻐하셨다. 신물을 가져온 그대의 공로를 치하하셨지."

이전까지는 두 사람을 완전히 무시하던 말투에도, 약간의 존중이 담기기 시작했다.

친밀도가 오른 덕분이었다.

샤를론이 품 속에서 붉은 두루마리 양피지를 꺼내었다.

그러자 허공에 떠오른 붉은 양피지가 자연스레 펼쳐지더니, 훈이를 향해 날아들었다.

그리고 놀랍게도, 그 양피지는 붉은 빛이 되어 훈이의 심장 속으로 스며들었다.

훈이의 눈앞에 시스템 메시지가 떠올랐다.

띠링—.

—퀘스트를 성공적으로 완수하여, 추가 보상을 획득합니다.

—명성치가 10만 만큼 상승합니다.

—'마기' 능력치를 4천만큼 획득합니다.

"오오……!"

훈이의 작은 입이 함지박만 하게 찢어졌다.

10만 명성치에 4천 마기라는 보상은 퀘스트의 메인 보상이라고 하기에도 결코 적은 수준이 아니기 때문이었다.

그 모습을 흡족하게 바라보던 샤를론이 다시 입을 열었다.

"그리고 추가로 신탁이 있으셨네."

훈이의 시선이 다시 샤를론을 향했다.

이 말을 기다리고 있었기 때문이었다.

만일 여기서 연계 퀘스트가 끝난다고 하면 전체 퀘스트 완료가 뜨면서 최종 보상을 얻게 될 것이었고, 그렇지 않다면 다음 연계 퀘스트가 뜰 것이다.

그리고 훈이는 여기서 퀘스트가 끝나는 것보다는 다음 연계 퀘스트를 바라고 있었다.

여기서 퀘스트가 끝나는 것이 안전하기는 하겠지만, 앞에서도 말했듯 연계가 더 늘어나면 보상이 그에 비례해 커질 것이다.

실제로 처음에는 '초급 어둠 소환술 스킬북'이라고 쓰여 있었던 전체 퀘스트의 보상 중 하나가, 세 번째 연계 퀘스트를 마치자 '중급 어둠 소환술 스킬북'으로 상향 조정된 것.

그리고 훈이가 바라던 대로, 샤를론은 다음 연계 퀘스트에 대한 이야기를 꺼내었다.

"어둠의 신께서 데이드몬 님과 맺은 맹약이 무엇인지는 알 수 없으나, 그것을 위해서 몇 가지 물건이 필요하다고 하시는군."

훈이가 신이 나서 대답했다.

"그 물건이 어떤 것입니까?"

"그 물건은 총 세 가지인데……."

샤를론이 말끝을 흐리며, 훈이의 앞에 작은 보조 퀘스트
창이 떠올랐다.

띠링-.

그리고 그것을 읽어 내려가던 훈이의 눈이 살짝 커졌다.

어둠의 보주와 그림자 깃털이 뭔지는 알 수 없었으나, 발
록의 심장이라는 물건은 그 이름만으로도 어떤 것인지 알 수
있었기 때문이었다.

훈이의 놀라는 표정을 본 샤를론이 피식 웃으며 말을 이
었다.

"놀랄 만도 하지. 저 물건들은 모두 강력한 전설 등급의
마수를 사냥해야 얻을 수 있는 것들이니까."

하지만 잠시 놀랐을 뿐, 훈이는 다시 자신감 어린 표정이
되었다.

전설 등급의 마수라고 하더라도 충분히 사냥할 수 있다는

자신감이 있었기 때문이다.

"믿어 주십시오, 대신관님. 꼭 저 재료들을 얻어 돌아오겠습니다."

샤를론이 고개를 끄덕이며 대답했다.

"물론 그래야만 하네. 데이드몬 님의 기대가 크니까 말일세."

훈이가 고개를 숙여 보이며 힘차게 말했다.

"그럼, 다녀오겠습니다!"

그런데 그때, 돌아서려던 훈이를 샤를론이 불러 세웠다.

"잠깐, 아직 내 얘기는 끝나지 않았네."

"예?"

훈이는 의아한 표정이 되어 샤를론을 쳐다보았고, 샤를론은 시선을 돌려 이안을 응시했다.

그리고 훈이는 알 수 없는 불안감을 느끼기 시작했다.

'뭐, 뭐지? 저 녀석이 왜 또 이안 형을 쳐다보는 거야?'

어디선가 본 듯한 저 느끼한 표정.

그리고 훈이의 불길한 예감은 정확히 맞아떨어졌다.

"마신 데이드몬 님께서는, 자네도 이 임무를 함께해 주셨으면 하더군."

그에 별생각 없이 퀘스트의 진행을 지켜보던 이안이 반사적으로 되물었다.

"응?"

"그대에게도 같은 임무가 주어졌다는 말이네."

그리고 그 말을 들은 순간, 이안보다도 더 격한 반응을 보이는 이가 있었으니…….

그건 바로 훈이었다.

"에엑?"

이것은 정말 상상치도 못했던 전개였다.

하지만 훈이가 놀라든 말든 샤를론의 말은 계속 이어졌다.

"어떤가, 이안. 마신께서 내리신 임무를 한번 수행해 보겠는가?"

샤를론이 이안의 의중을 물었으나, 그것은 사실 의미 없는 것이었다.

이안의 대답은 이미 정해져 있었으니까.

이안이 씩씩하게 대답했다.

"물론입니다. 마신께서 내리신 임무를 어찌 마다하겠습니까?"

이안은 말투마저 순식간에 공대로 바꾸었다.

그야말로 한 치도 망설임 없는 태세 전환이었다.

이에 샤를론 또한 더욱 흡족한 표정이 되었다.

"좋아. 마신께서 기뻐하실 것이네."

띠링-

-'어둠의 신 카데스의 심부름 Ⅳ (히든)(연계)' 퀘스트를 획득하셨습니다.

그 뒤로도 퀘스트 설명을 위해 둘의 대화는 잠시간 이어졌고, 샤를론과 이안의 대화가 지속될수록 훈이의 입술은 더욱 길게 튀어나오고 있었다.

"노엘이 형, 나 좀 억울해도 되는 거 맞지?"

"글쎄…… 아마 그럴지도?"

"아니, 대체 왜! 난 맨날 저 형 좋은 일만 하는 거냐고!"

결론적으로 말하자면, 이안은 훈이가 가지고 있던 연계 퀘스트를 고스란히 이어받았다.

물론 훈이의 퀘스트를 뺏은 것은 아니었다.

단지 연계 단계를 훌쩍 뛰어넘고, 소환술사로서 받을 수 있는 비슷한 급의 퀘스트를 받아 낸 것이었다.

어쨌거나 훈이로서는 배 아픈 일이 아닐 수 없었다.

원래 연계 퀘스트라는 건 파티원과 함께하는 순간 어느 정도까지는 공유되는 것이 맞다.

그렇기에 히든급의 받기 힘든 퀘스트의 경우 돈을 받고 공유해 주는 이들이 있을 정도였다.

하지만 그렇다고는 해도 100퍼센트 공유되는 것은 당연 아니었다.

정확히 수치화시키기는 힘들었지만, 공유받은 유저는 퀘스트의 주체가 되는 유저가 받을 보상의 절반 정도를 받는 것이 보통이다.

그것마저도 퀘스트가 끝날 때까지 퀘스트의 주체인 유저와 함께 해야만 얻을 수 있었던 것.

하지만 지금 이안은 훈이를 끝까지 도와주고 그에 대한 보상을 받은 것도 아니었고, 아예 훈이와 동등한 수준의 연계 퀘스트를 날름 받아 버렸다.

그러니 훈이의 입술이 댓 발 나온 것도 무리는 아니었다.

이안이 실실 웃으며 물었다.

"억울하냐?"

"그걸 말이라고!"

"그럼 용서해 줄게."

"뭘?"

"그새 까먹었냐? 날 속였던 거."

"……!"

잠시 잊고 있었던 사실이 생각난 훈이는 멈칫했지만, 그렇다고 해도 아픈 배가 바로 괜찮아지는 것은 아니었다.

"그, 그게 어떻게 속인 거야, 형? 그냥 말을 하지 않은 것뿐이라고!"

"그게 그거지, 인마."

"그래서 그거 말했으면 안 따라왔을 거야?"

턱을 만지작거리며 생각해 본 이안이 가볍게 대답했다.

"아니, 아마 따라왔을 거 같은데?"

"그럼 문제없잖아!"

"아니지, 모든 일에는 과정이 중요한 법."

훈이를 놀리는 이안의 얼굴에는 즐거운 미소가 걸려 있었다.

그것은 물론, 훈이를 놀리는 게 재밌어서만은 아니었다.

거의 날로 먹은 퀘스트가 무척이나 마음에 들었던 것.

훈이의 퀘스트가 탐난다고 생각하고는 있었지만, 이렇게 제 발로 굴러 들어올 줄은 이안으로서도 예상치 못했던 상황이었다.

'이게 웬 떡이냐! 안 그래도 그냥 마수 연성 노가다만 하기에는 심심했는데, 이런 퀘스트도 하나 있어 주면 좋지.'

이안은 대신관 샤를론으로부터 받은 퀘스트 창을 다시 한 번 살펴보았다.

---

### 어둠의 신 카데스의 심부름 Ⅳ (히든)(연계)

인간계와 카일란 대륙을 관장하는 다섯 신 중 하나인 어둠의 신 카데스.
그는 오래전, 마신 데이드몬과의 거래를 이행하기 위해 자신의 권능이 담긴 신물을 제작하려 하고 있다.

하지만 차원을 관장해야 하는 신인 카데스가 직접 그 재료를 모으기 위해 움직일 수는 없었다.

그리하여 카데스는, 자신의 임무를 수행할 만한 능력을 가진 인간으로 하여금, 그 재료를 모으게 하려 한다.

카데스의 명을 받아 마계에 흩어져 있는 어둠의 재료를 모아 보도록 하자.

퀘스트 난이도 : 알 수 없음

---

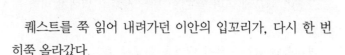

퀘스트를 쭉 읽어 내려가던 이안의 입꼬리가, 다시 한 번 히쭉 올라갔다.

'어둠 소환술이라니! 이거 또 엄청 흥미롭잖아?'

심지어 모아야 되는 재료들마저 모두 전설 등급의 마수를 사냥해야 얻을 수 있는 아이템들이었다.

어차피 전설 등급의 마수들을 찾아다녀야 했던 이안으로서는, 정말 최고의 퀘스트가 아닐 수 없었다.

"흐······ 흐홋."

사실 이안이 이렇게 퀘스트를 온전히 공유받을 수 있었던 것은, 정말 '이안'이기에 가능한 것이었다.

이안과 훈이는 알지 못하는 사실이었지만, 이 퀘스트를 받기 위해서는 구체적으로 두 가지의 조건을 충족시켜야 한다.

첫 번째는 지난 차원 전쟁에서 상위 1퍼센트 이내의 공적치를 쌓은 유저여야 한다는 것.

그리고 두 번째는, 흑마법사나 소환술사 유저 중, 랭킹 10위 안에 들어가는 유저여야 한다는 것이었다.

그런데 만약, 이 두 가지 조건을 겨우겨우 만족하는 유저였다면 이렇게 연계 단계를 건너뛰고 곧바로 네 번째 퀘스트를 받을 수는 없었을 것이다.

하지만 이안은 차원 전쟁에서 쌓은 공적치가 압도적으로 1위인 유저인 데다가 심지어 소환술사 랭킹 1위다.

그랬기 때문에 이런 말도 안 되는 상황이 벌어져 버린 것이었다.

카데스와 데이드몬이 이안을 완벽한 퀘스트의 적임자로 찍어 버린 것.

훈이는 그저 운이 억세게 좋은 형이라고 생각했지만, 카일란에서 일어나는 모든 일에는 항상 그에 대한 이유가 존재했다.

"우씨, 노엘이 형, 형은 억울하지도 않아?"

"뭐가?"

"저 형은 저렇게 날로 먹었는데, 형은 연계 퀘스트 못 받았잖아."

배 아픔에 못 이겨 이제 가만히 있던 카노엘까지 물고 늘어지는 훈이였다.

하지만 카노엘의 표정은 평온하기 그지없었다.

"음…… 글쎄? 별로 안 억울한데?"

그에 훈이의 얼굴은 다시 한 번 일그러졌고, 그의 귀에 앞서 걷던 이안의 목소리가 들려왔다.

"야, 쟤가 억울할 이유가 있냐?"

"음?"

"쟤 한 달 용돈 정도면 전설 등급 스킬 북 정도는 수십 권살 수 있을 텐데."

"아……."

카노엘은 말없이 웃었고, 그제야 훈이는 깨달음을 얻은 듯 작은 탄성을 내뱉었다.

이안의 부연 설명이 이어졌다.

"쟤 그냥 우리 따라다니면서 같이 퀘스트만 하면 즐거운 애야. 보상 같은 게 중요하겠어?"

"그, 그러네."

애써 부인하지 않는 카노엘이었다.

"흐음, 이런 일은 처음인데……."

마계의 하늘에 떠 있는 적운赤雲을 밟고 선 사내.

마신 데이드몬을 모시는 대신관 샤를론의 시선이, 신전을 나서는 일단의 무리를 향해 있었다.

그리고 그의 얼굴에는 묘한 표정이 떠올라 있었다.

"데이드몬 님께서 반마에게 이토록 호감을 느끼시다니…… 이유를 알 수 없군."

하지만 그 이유가 무엇이든 데이드몬은 그가 모시는 지고

한 마신이었고, 그의 의중은 곧 대신관인 자신이 받들어야
할 절대적인 것이었다.

"곧 알게 되겠지."

샤를론은 붉은 망토를 펄럭이며 어디론가 사라졌다.

그리고 그가 사라진 자리에 남아 있던 붉은 구름 또한, 순
식간에 흩어져 자취를 감춰 버렸다.

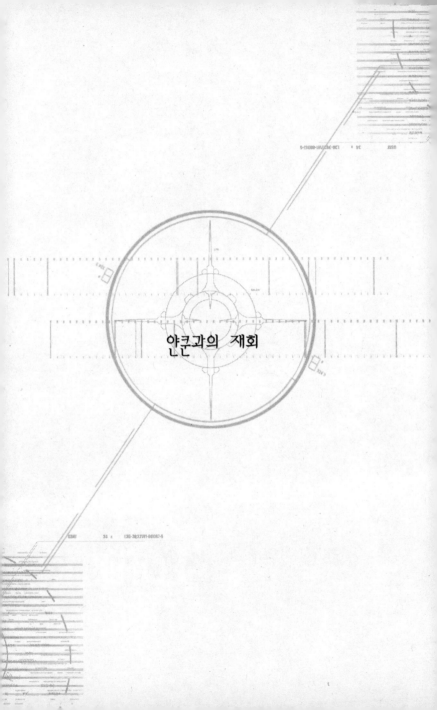

얀쿤과의 재회

Taming
Master

원래 이안은 마신의 신전을 들러 훈이의 퀘스트를 도와준 뒤 곧바로 발록을 잡기 위해 15구역으로 이동할 예정이었다.

그런데 예상 밖의 일이 생기는 바람에 계획이 틀어졌다.

'이런 퀘스트를 얻을 줄은 몰랐으니…….'

훈이 덕에 대신관 샤를론으로부터 받게 된 히든 연계 퀘스트가 바로 그 이유였다.

이안 일행은 퀘스트에 필요한 세 가지 재료 중, 발록의 심장을 제외하면 어떤 마수를 사냥해야 그 물건들을 얻을 수 있는지 알지 못했다.

이안 일행에게 주어진 단서는 모든 재료가 전설 등급의 마수에게서 얻을 수 있는 재료들이라는 것뿐.

그래서 재료에 대한 정보를 얻기 위해 오랜만에 들를 곳이
있었다.

　훈이가 이안을 향해 툴툴거렸다.

　"아니, 그거랑 107구역에 가는 거랑 무슨 상관이야?"

　"다 상관이 있어, 인마. 잠자코 따라오기나 해."

　이안이 107구역으로 가는 이유는, 당연히 세르비안을 만
나기 위함이었다.

　이안이 아는 그 누구보다 마수에 대한 지식이 박식한 이가
바로 세르비안이었고, 그라면 분명 이 재료들에 대해서도 알
고 있을 것이었다.

　위이잉─.

　이안의 차원의 구슬이 작동하자, 단번에 107구역에 있는
세르비안의 연구소 앞으로 게이트가 열렸다.

　그 모양을 본 훈이가 부러운 눈으로 중얼거렸다.

　"대체 이런 아티팩트는 어디서 얻은 거야?"

　이안은 대답 대신 피식 웃어 보이며 게이트 안으로 들어갔
고, 훈이와 카노엘이 그 뒤를 따라 들어왔다.

　그리고 다행히도 세르비안은 연구소 안에 있었다.

　"오, 나의 수제자 이안이 아닌가!"

　"오랜만입니다, 세르비안 님. 그간 별일 없었죠?"

　"그럼, 나야 별일 있겠는가. 그래, 마수 연성술의 숙련도
는 많이 올렸고?"

이안이 씨익 웃으며 대답했다.

"물론이죠. 이제 최고의 마수를 만들어 내기 위한 여정을 시작했거든요."

"그렇다는 얘기는, 최소 9레벨을 넘어 10레벨 이상을 완성했다는……?"

이안은 고개를 저으며 대답했다.

"아직은 9레벨입니다. 뭐, 며칠 있으면 10레벨 찍을 것 같긴 하지만요."

"오오."

마수 연성술의 9레벨이 가지는 의미는 생각보다 컸다.

9레벨부터는 모든 등급의 마수를 연성하는 것이 가능해지기 때문이었다.

물론 최고의 재료를 가지고 최강의 마수를 연성해 내기 위해서는, 10레벨에서도 Max까지 숙련도를 올려야 할 테지만 말이다.

세르비안이 활활 타오르는 눈빛으로 이안을 바라보았다.

"내가 못 다한 마수 연성의 꿈을, 자네가 꼭 이뤄 주길 바라네."

이안이 의아한 표정으로 되물었다.

"세르비안 님이 직접 하셔도 되잖아요?"

"아니야. 나는 이제 불가능해. 신화 등급의 마수를 연성해 내는 것은 뛰어난 연성술만으로 되는 일이 아니거든."

"그럼……?"

"그건 차차 알게 될 것일세."

뭔가 있음을 직감한 이안이 묘한 표정을 짓자, 세르비안이 피식 웃으며 한마디 덧붙였다.

"하지만 걱정할 건 없다네. 자네라면 분명히 해낼 수 있을 테니까 말이야."

더 물어봐도 알려 줄 것 같지 않자, 이안은 그에 대해 묻는 것을 관두었다.

조금 찝찝하기는 했지만, 지금은 당장 해결해야 하는 더 시급한 문제가 있기 때문이었다.

일단 지금 퀘스트를 모두 클리어한 뒤, 다시 물어보면 될 일이었다.

"그나저나 세르비안 님, 제가 여쭙고 싶은 게 좀 있어서 찾아왔습니다."

세르비안이 흔쾌한 표정으로 고개를 끄덕이며 대답했다.

"그래, 내가 도움이 될 수 있다면 얼마든지. 궁금한 게 뭔 가?"

이안은 세르비안에게 퀘스트의 내용에 대해 설명하기 시작했고, 그 뒤에서 훈이와 카노엘은 꿔다 놓은 보릿자루처럼 멍하니 서 있었다.

카노엘이 조심스레 훈이에게 물었다.

"훈아."

"응?"

"넌 혹시 이안 형 실제로 만난 적 있어?"

그 말에 훈이가 고개를 저으며 되물었다.

"아니, 없어. 그런데 갑자기 그건 왜?"

"지금 좀 무서운 생각이 들어서 말이야."

"음…?"

카노엘이 침을 한차례 꿀꺽 삼킨 뒤 말을 이었다.

"저 형이 알고 보니 유저가 아니라, 원래부터 이 카일란에 있었던 NPC였던 건 아닐까 하는…….."

카노엘의 무서운 가설에, 훈이의 두 눈이 순식간에 커졌다.

"그, 그런……!"

카노엘이 더욱 심각한 표정으로 말을 이었다.

"그럴싸하지 않냐? 지금 저 봐. 마족 NPC랑 거의 불알친 구급으로 친해 보이는 거 보이지?"

훈이가 빠르게 고개를 끄덕였다.

"그, 그러고 보니……!"

훈이의 뇌리에, 문득 짜리몽땅한 광산 드워프 하나가 생각 났다.

'그 우르크 한인지 뭔지 하는 그 드워프랑도 저렇게 친해 보였어!'

훈이가 이안을 응시하며 멍하니 중얼거렸다.

"우리보다 저 마족이랑 더 친한 것 같은데?"

띠링.

-'노블레스 얀쿤의 시험 Ⅱ' 퀘스트를 성공적으로 완수하셨습니다.

-클리어 등급 : E

-클리어 등급이 매우 낮은 관계로 획득 경험치와 금화가 95퍼센트만큼 감소합니다.

-노블레스 마족 '얀쿤'과의 친밀도가 20만큼 하락합니다.

"으, 으으……."

길드 퀘스트고 나발이고, 마틴은 지금 눈앞에 있는 노블레스 마족을 한 대 때려 주고 싶었다.

세 번의 실패 끝에 겨우 완수한 두 번째 연계 퀘스트에서 무려 E등급을 받았기 때문이었다.

클리어 등급 E는 이제껏 존재하는지조차 몰랐을 정도로 받기 힘든 등급이었다.

분노를 꾹꾹 눌러 참고 있는 마틴을 내려다보며, 얀쿤이 고개를 절레절레 저었다.

"답이 없군, 답이 없어. 어찌 이리도 무능하단 말인가. 도저히 우리 혼돈의 도시에 길드 등록을 해 줄 마음이 생기질 않는군!"

얀쿤의 말에, 마틴의 몸이 부르르 떨렸다.

정말 생각지도 못했던 곳에서 어마어마한 난관에 봉착했

기 때문이었다.

'뭐 이따위 NPC가 다 있어?'

마틴은 흥분을 겨우 가라앉힌 채, 얀쿤을 올려다보았다.

어찌 되었든 임무를 완수했으니 얻어 낼 건 얻어야 하지 않겠는가.

'제발 다음 연계 퀘스트는 없어야 할 텐데······.'

마틴은 속으로 간절히 빌며 입을 열었다.

연계 퀘스트가 빨리 끝나기를 바라는 건, 카일란을 하면서 처음인 것 같았다.

"어쨌든 임무를 완수하지 않았습니까, 얀쿤 님."

얀쿤이 심드렁한 표정으로 대답했다.

"그건 그렇지."

"그럼····· 이제 길드 등록을 허가해 주시는 겁니까?"

마틴의 눈망울이 가늘게 떨려 왔다.

마틴은 긴장했다.

조금 과장을 보태자면, 전설 등급의 무기 상자를 오픈할 때보다도 더 격렬한 긴장감이었다.

"크흠, 생각 같아서는 돌아가라고 하고 싶지만, 저번에 그 랬던 것처럼 찰거머리처럼 달라붙을 테지?"

다 됐다고 생각한 마틴이 벌떡 일어나며 대답했다.

"저는 길드 등록을 허가해 주실 때까지 절대 돌아갈 수 없습니다!"

얀쿤이 못마땅한 표정으로 입을 열었다.

"그럼…… 어쩔 수 없지. 나는 마음에 들지 않지만 어쨌든 룰은 룰이니까."

마틴은 속으로 쾌재를 불렀으나, 얀쿤의 다음 말을 듣는 순간 절망할 수밖에 없었다.

"그럼 마지막 임무를 알려 주겠네."

"……."

마틴과, 그의 뒤에 서 있던 체이스의 신형이 동시에 휘청했다.

'미친, 세 번째 연계퀘스트라니! 대체 또 무슨 말도 안 되는 퀘스트를 주려고 이러는 거야?'

그래도 '마지막 임무'라는 한마디가, 그나마 마틴의 날뛰는 가슴을 진정시켜 주었다.

하지만 역시 얀쿤은 마틴의 기대를 저버리지 않았다.

"자네, 혹시 아는가?"

"뭘 말입니까?"

"마계 15구역에 가면, '잊힌 망자의 무덤'이라는 곳이 존재한다네."

"그, 그렇습니까?"

마틴은 '잊힌 망자의 무덤'이라는 곳은 알지 못했다.

그러나 그 이름에서부터 무시무시한 냄새가 났고, 그 위치가 무려 마계 15구역이었다.

30구역 대에서 진행된 퀘스트를 하면서도 극한 체험을 했는데, 15구역에는 대체 무슨 일이 벌어질지 두려웠다.

그리고 이어진 얀쿤의 말에, 마틴은 순간 자리에 주저앉을 뻔했다.

"잊힌 망자의 무덤에 가서 발록의 심장을 꺼내 오게."

우당탕-!

이안이 차원의 구슬을 사용해 게이트를 오픈하자, 밖으로 세 사람이 허겁지겁 뛰쳐나왔다.

그리고 그와 동시에 위잉 하는 소리가 나며, 게이트가 허공에서 소멸했다.

"휴우, 조금만 더 늦었으면 큰일 날 뻔했네."

"그러니까 형은 그 노인네랑 무슨 말을 그렇게 오래 하는 거야?"

"다 피가 되고 살이 되는 이야기였다고."

"어련하시겠어."

이안이 세르비안과 떠드는 동안 게이트의 유지 시간이 거의 다 지나가 버렸고, 덕분에 세 사람은 다급히 게이트를 향해 뛰어들어야 했던 것이다.

카노엘이 이안을 향해 물었다.

"그래서 형, 재료에 대한 정보는 다 얻은 거야?"

이안이 고개를 끄덕였다.

"물론이지. 일단 어둠의 보주부터 설명을 해 주자면……."

세르비안은 이안의 짐작대로 그 재료들을 가진 마수들에 대해 전부 알고 있었다.

"어둠의 보주는 정확히 말하자면, 마수를 사냥했을 때 드롭되는 물건은 아니야."

"그럼?"

"마계 17구역에 사령의 탑이라는 곳이 있는데, 그 탑 어딘가에 봉인되어 있는 물건이라고 하더라고. 그렇다고 전설 등급의 마수와 싸울 필요가 없는 건 아니야."

"전설 등급의 마수가 지키고 있는 건가?"

"그렇지. 베히모스라는 마수가 보주를 지키고 있을 거라는데? 엄청 커다란 황소 같이 생긴 녀석이래."

그런데 그때, 이안의 말을 잠자코 듣던 훈이가 순간 반색하며 이안에 물었다.

"형, 베히모스라고?"

이안이 고개를 끄덕이며 반문했다.

"응, 왜?"

그리고 훈이는, 이안의 눈치를 슬슬 보며 다가왔다.

"얘가 또 왜 이러나, 징그럽게?"

"그 베히모스를 사냥하고 나면 아마 가죽이 드롭될 거거든?"

"가죽?"

"응. '베히모스의 가죽'이라는 아이템이 드롭되면 나 주면
안 될까? 그거 그냥 재료 아이템인데…… 헤헤."

이안은 피식 웃었다.

뭔가 낯이 익다는 생각을 했었는데, 훈이의 반응을 본 순
간 깨달은 것이다.

베히모스의 가죽은 최근 흑마법사들 사이에서 최강의 무
기로 평가받고 있는 '사령의 절대자'라는 완드를 제작하는 데
필요한 재료였던 것.

그것은 흑마법사 전용 퀘스트를 통해서만 얻을 수 있다고
알려진 재료 아이템이었고, 베히모스라는 마수가 실제로 존
재한다는 사실은 아무도 몰랐다.

이안과는 딱히 관련 없는 재료 아이템이었지만, 경매장 가
격이 무려 150만 골드나 되는 것이었다.

이안이 눈을 가늘게 뜨며 말했다.

"얌마, 이 형이 원래 모르는 게 없어."

"응?"

"그거 얼마 전까지 경매장 시세 150만 골드도 넘던 재료
템인데, 그걸 너 혼자 꿀꺽하겠다고?"

훈이는 잠시 움찔했지만, 곧 삐죽거렸다.

이안에게 가져다 바친 퀘스트들을 생각하자, 다시 배가 아

파 왔기 때문이었다.

"형, 내 덕에 퀘스트도 하나 거저 얻었으면서 그 정도는 좀 줘도 되잖아."

물론 이안 또한 훈이의 주장에 어느 정도 동의했다.

애초에 이안은 자신과 관련된 아이템이 아니면 욕심내지 않는 주의였고, 그동안 훈이에게 털어 낸 것을 생각하면 그 정도야 그냥 양도해도 무방한 것이다.

하지만······.

"뭐, 너 하는 거 봐서."

"아, 형!"

훈이를 놀리는 게 무척이나 재밌었기 때문에, 호락호락하게 주겠다는 말은 하지 않았다.

이러다가 심하게 삐질 것 같으면, 사령의 절대자 완드를 그냥 완제품으로 하나 사 주면 해결될 일이었다.


이안은 훈이와 잠시 실랑이를 벌인 뒤, 나머지 하나의 재료에 대해서도 설명했다.

두 번째 재료인 '그림자 깃털'은 어둠의 보주보다 훨씬 얻기 쉬운 아이템이었다.

세르비안의 설명에 의하면, 마계 19구역에 서식한다는 전설 등급의 마수인 샤켈리크라는 괴조怪鳥를 사냥하면 거의 9할 이상으로 드롭되는 재료 아이템이었기 때문이다.

그리고 마지막 재료인 발록의 심장이야, 이미 모두가 짐작하고 있었듯 발록을 사냥하면 얻을 수 있는 아이템이었다.

이안 일행은 간단하게 정비를 마친 뒤, 천천히 이동하기 시작했다.

일행의 목적지는 마계 17구역에 있는 '사령의 탑'이었다.

이안이 게이트를 열었던 곳은 마계 20구역이었다.

그렇다면 당연히 가장 가까운 위치는 샤켈리크를 잡을 수 있는 지역인 마계 19구역.

하지만 이안은 17구역을 첫 번째 행선지로 정했고, 거기에는 이유가 있었다.

훈이가 이안에게 물었다.

"샤켈리크? 그리고 그림자 괴조라고?"

"그래, 그런 별명으로 불린다고 하더라고."

이번에는 카노엘이 말했다.

"그림자……라면, 혹시 우리가 신전에서 싸웠던 어둠의 소환수랑 관련이 있는 건가?"

이안이 씨익 웃으며 대답했다.

"빙고. 지금까지 알려져 있는 전설 등급의 마수 중, 유일하게 어둠의 소환수라고 하더라고."

"아하."

"그리고 어둠의 보주가 바로 그 어둠소환수들의 천적이래."

"그래?"

베히모스를 사냥하고 나면 얻을 수 있다는, 신물의 재료이자 퀘스트 아이템인 어둠의 보주.

하지만 이 어둠의 보주는, 아무 능력 없는 잡화 아이템이 아니었다.

인벤토리에 가지고만 있어도 어마어마한 옵션을 부여해 주는 토템 같은 아이템인 것이었다.

기본적으로 디텍팅 능력이 있는 데다 모든 어둠속성의 피해를 20퍼센트만큼 감소시켜 주고, 반대로 어둠 속성의 상대에게 30퍼센트만큼의 추가 피해를 입힐 수 있게 해 주는 강화 옵션.

게다가 모든 공격을 어둠 속성 공격력을 15퍼센트만큼 증가시켜주는 기능까지 있었으니, 지금 이안의 파티가 그 아이템을 얻는다면, 샤켈리크를 잡는 데 지대한 도움이 될 게 분명했다.

하지만 훈이는 아직 전부 납득하지 못했는지 다시 물었다.

"확실히 어둠의 보주가 있으면 샤켈리크는 쉽게 사냥할 수 있겠네. 그런데 그렇다고 해도, 베히모스라는 녀석은 샤켈리크보다 훨씬 강력하다며? 같은 전설 등급의 마수라고 하더라도, 발록과 베히모스에 비해서 샤켈리크가 훨씬 약체라고 형이 말했잖아."

"그랬지."

"그럼 샤켈리크 먼저 간 한 번 보고 베히모스를 잡으러 움직이는 게 낫지 않을까?"

이안은 고개를 절레절레 저었다.

"아무리 샤켈리크가 약해도, 19구역의 샤켈리크 서식처는 군락이야. 아직 데이터도 없으니 몇 마리나 있을지 알 수 없는 거지. 잘못 싸우다가 주변 녀석들의 시선까지 끌게 되면, 한 번에 열 마리도 넘는 전설 등급의 마수와 싸워야 할 수도 있어."

"흠…… 그건 그러네."

물론 어둠의 보주를 지키고 있는 베히모스가 한 마리라는 보장도 없었지만, 이안은 굳이 그런 말은 하지 않았다.

'어둠의 보주를 무조건 먼저 얻어야 하니까.'

사실 이안에게는 꿍꿍이가 하나 더 있었던 것이다.

이안은 세르비안과의 대화를 다시 한 번 떠올렸다.


-그러니까, 어둠의 소환수를 포획하기 위해서는 그 어둠의 보주라는 게 있어야 한다는 말이죠?

-그렇다네. 만약 어둠의 보주를 먼저 손에 넣을 수 있다면, 한번 샤켈리크 포획을 시도해 보게나. 자네 정도의 능력이라면 잘하면 가능할지도…….

-베히모스나 발록을 포획하는 건 어떻습니까?

-글쎄, 베히모스와 발록은 전설 등급의 마수들 중에서도 가장 강력한 개체들이야. 난 아직, 역대 어떤 소환마들도 녀석들의 포획에 성공했다는 이야기를 들은 적이 없다네.

-그렇게나 어렵나요?

-그렇다니까. 심지어 마왕들 중에도 발록이나 베히모스 포획에 성공한 이가 없어.

-그럼…… 발록이나 베히모스는 아직 소환마수로 사용하는 마족이 아무도 없는 건가요?

이 대목에서 이안은 놀랐다.

하지만 그 순간 이안의 기억에 스쳐 지나간 것이 하나 있었다.

-어, 아닌데. 저 그러고 보니, 마왕 레카르도 님이 발록을 부리는 걸 봤어요.

하지만 세르비안은 피식 웃으며 다시 이야기했다.

-자네, 영혼석의 존재를 잊었나?

-아……!

-모르긴 몰라도, 아마 레카르도 님의 발록 또한 영혼석을 모아서 소

환된 녀석일 확률이 높아. 레카르도 님 정도의 힘을 가진 분이라면, 발록의 영혼석 정도는 손쉽게 모으실 수 있으니까. 직접 발록을 사냥하셔도 금방이실 테고, 영혼의 신단에서 가져오셨을 수도…….

-영혼의 신단은 또 뭔가요?

-그건 나중에 알려 주겠네.


이안은 이번에 세르비안을 찾아가서, 생각보다도 더 많은 정보들을 얻어 낼 수 있었다.

그리고 그 정보들은 이안이 계획을 세우는 데 많은 도움을 줬다.

가깝게는 이번 퀘스트의 진행에 도움이 되었고, 길게는 최종 여정이라고 할 수 있는 신화 등급의 마수 연성 계획에 도움이 되었던 것이다.

'확실히 한번 들르길 잘했지.'

세르비안에게서 얻은 정보가 아니었더라면, 아마 발록과 베히모스를 포획하는 데 쓸데없는 힘을 낭비했을 확률이 높았다.

그렇다고 포획 시도를 아예 안 할 건 아니지만, 마왕조차도 잡은 적이 없다는 녀석들을 잡기 위해 시간 낭비할 생각은 없었다.

'게다가 어둠의 보주의 숨겨진 능력까지 알았으니….'

어둠의 보주는, 확실히 어둠의 마수들에게 천적과도 같은 물건이었다.

게다가 이안에게는 한 가지 비장의 무기가 더 있었다.

그것은 바로 카카의 고유 능력 '꿈꾸는 악마'였다.

'카카의 꿈꾸는 악마 능력에 이 어둠의 보주 효과까지 중첩시키면…… 샤켈리크인지 뭔지 쓸어 담을 수 있겠어.'

이안의 노림수는 바로 이것이었다.

어둠의 보주와 꿈꾸는 악마에 붙어 있는 어둠 속성 피해 감소 효과가 중첩되면, 총 70퍼센트라는 어마어마한 수치가 된다.

10만 대미지를 입어야 할 게 3만 정도밖에 들어오지 않는 것이다.

게다가 이안의 항마력은 또 몇인가.

마수인 샤켈리크의 기본 공격 속성은 당연히 마기였고, 그러니 감소된 피해량에서 다시 또 60~70퍼센트 정도 되는 피해가 깎여 나갈 것이다.

모든 옵션이 중첩되어 총 91퍼센트의 피해가 흡수되어 버리는 것.

거기에 장비 방어력은 폼이 아니었으니, 이쯤 되면 아무리 전설마수의 공격이라 하더라도 간지러울 수밖에 없었다.

'이건 하늘이 주신 기회야. 샤켈리크를 있는 대로 전부 다 포획해서, 마수 연성 숙련도를 맥스까지 올려야겠어.'

어둠의 보주는 그야말로 사기적인 아이템이다.

하지만 그렇기 때문인지 데이드몬에게 가져다 바쳐야 하는 물건이었다.

그렇다면 퀘스트를 완료하기 전까지 최대한 써먹어야만 했다.

어쨌든 이안일행은 17구역을 향해 그대로 쭉 이동했고, 19구역과 18구역에 있는 몬스터들을 최대한 건드리지 않았다.

특히 19구역의 몬스터들은 샤켈리크를 제외하고도 죄다 어둠의 마수들로 구성되어 있었기에, 어둠의 보주를 얻은 뒤 무한사냥에 들어갈 예정이었다.

"형, 저기 게이트!"

"오케이. 저 앞쪽에 마수들만 빠르게 처리하고 곧바로 들어가자."

"알겠어."

"오호, 이게 누구신가."

혼돈의 도시를 둘러싸고 있는 거대한 성벽.

그리고 도시의 안으로 통하는 유일한 문인 혼돈의 문 앞에서, 마틴은 별로 만나고 싶지 않은 얼굴을 마주했다.

"오랜만이군, 이라한. 한동안 잠잠하더니 이제 다시 활동을 시작하는 건가?"

마틴과 마주친 인물은 바로, 며칠 전부터 무섭게 세력을 확장 중인, 다크루나 길드의 마스터 이라한이었다.

차원 전쟁이 끝나고 한동안 잠잠했던 다크루나 길드가 최근 들어 다시 활동을 시작한 것이다.

그래서 마틴은 조금 놀란 상태였다.

'아무리 다크루나 길드라고는 하더라도, 그렇게 오래 쉬었으면 세력이 줄었을 텐데……'

마틴은 평소에 조금 둔한 면을 가지고 있었지만, 그렇다고 눈치가 아예 없는 것은 아니었다.

이라한과 그의 뒤에 도열해 있는 다크루나의 정예 길드원들.

그들의 행색을 대충 보니, 이 혼돈의 도시까지 정면으로 길을 뚫고 왔음을 알 수 있었다.

이라한이 마틴을 향해 웃었다.

"그렇지. 그동안 충분히 쉬었으니까."

그리고 한쪽 입꼬리를 말아 올리며 한마디 덧붙였다.

"그동안 호랑이 없는 굴에서, 왕 노릇은 재밌었나?"

마틴의 표정이 살짝 구겨졌다.

그 말의 의미를 정확히 알고 있었기 때문이었다.

최초로 마계에 입성하여 어마어마한 세력을 길렀던 다크루나 길드.

차원 전쟁에서 이라한이 이안에게 탈탈 털리지만 않았더

라면, 지금까지도 마계의 독보적인 길드 랭킹 1위는 다크루나 길드였으리라.

하지만 그것은 만약의 가정이었고, 지금은 달랐다.

마틴은 굳었던 표정을 풀며 실실 웃었다.

"후후, 네 녀석이 그렇게 말할 자격이 있을까? 이안 하나에 아주 영혼까지 털린 주제에……."

마틴의 말에, 이라한의 여유롭던 표정도 살짝 굳어졌다.

하지만 거기까지였다.

그는 다시 여유를 찾으며 말했다.

"내가 녀석보다 부족했으니, 그거야 어쩔 수 없던 일이지."

"흠……."

의외로 담담한 반응이었다.

기존에 마틴이 알던 이라한이라면, 여기서 더욱 발끈했어야 정상이었다.

마틴은 살짝 불안해졌다.

'이 녀석이 뭔가 믿는 구석이라도 생긴 건가?'

하지만 이라한의 다음 말에, 그러한 고민은 더 이어질 수 없었다.

"보아하니 길드 관리 사무소에 다녀온 모양인데, 아직 원하는 것을 얻지는 못한 모양이군. 아직 혼돈의 도시 길드 목록에 등록되어 있지 않으니 말이야."

"……!"

마틴의 머릿속에 얀쿤을 만날 이라한의 모습이 그려지기 시작한 것이었다.

"크흡."

마틴은 뿜어져 나오는 웃음을 참느라 입을 틀어막았다.

그리고 이라한의 말이 다시 이어졌다.

"무슨 수를 써서 우리보다 먼저 도착했는지는 모르겠지만, 이 혼돈의 도시에 세워지는 첫 번째 길드는 우리 다크루나가 될 거다."

이라한은 마틴을 지나 길드 관리사무소를 향해 저벅저벅 걸어갔다.

그리고 그 뒷모습을 보며 마틴은 명복을 빌었다.

'그래, 고생 한번 제대로 해 봐라, 이놈아.'

사령의 탑은, 이름에 어울리는 외관과 분위기를 가진 던전이었다.

곳곳에서 피어오르는 음산한 분위기에 온몸을 적시는 기분 나쁘게 축축한 습기, 어디선가 울려 퍼지는 음울한 귀신의 울음소리까지.

그것은 항상 언데드들과 부대끼는, 흑마법사인 훈이까지도 몸을 부르르 떨게 만들었다.

"여기 뭐 이렇게 기분 나쁘냐?"

이안의 말에 카노엘이 맞장구쳤다.

"별로…… 들어가고 싶지는 않은 던전이네요."

기분 나쁜 것은 둘째 치고 던전 내부가 전혀 보이지 않을 정도로 어두웠다.

물론 이렇게 음침한 던전이야 기존에도 많이 존재했지만, 사령의 탑은 그 정도가 훨씬 심했다.

따로 불을 밝히지 않으면, 아예 앞이 보이지 않을 수준이었던 것이다.

훈이가 입을 딱딱거리며 말했다.

"형, 여기 꼭 들어가야 할까?"

이안이 피식 웃었다.

"왜? 무섭냐?"

"……."

자존심이 상했는지, 아니면 공포에 몸이 굳어 버렸는지, 훈이의 입은 열릴 생각을 하지 않았다.

하지만 이안이 던전 안으로 걸음을 옮기기 시작하자 훈이의 입이 다시 떨어졌다.

"자, 잠깐!"

물론 이안의 걸음은 멈추지 않았다.

"무서우면 오지 말든가. 대신 베히모스의 가죽은 나랑 노엘이랑 나눠 가질게."

훈이는 울상이 되었다.

그러나 여전히 걸음은 떨어지지 않는 모양이었다.

"아, 안 돼. 그런 게 어디 있어! 나 없이 베히모스를 잡을 수 있을 것 같아?"

이안의 망설임 없는 대답이 돌아왔다.

"응."

결국 이안과 카노엘이 시야에서 멀어지자, 훈이도 어쩔 수 없이 던전의 안으로 발을 들였다.

그리고 던전에 들어서자마자 이안은 생각지도 못했던 마수와 마주쳤다.


"타르베로스?"

이안 일행의 눈앞에 나타나 으르렁거리고 있는 거대한 마수.

머리가 세 개 달린 거대한 호랑이의 형상을 한 이 녀석은, 과거 50구역의 관문을 돌파할 때 만났던 전설 등급의 마수, 타르베로스였다.

이안은 순간적으로 타르베로스의 고유 능력과 공격 패턴에 대한 기억들을 머릿속에서 끄집어내었다.

'도트 광역기랑 시간 돌리는 능력만 조심하면 되는 녀석이었지.'

당시 이안은 타르베로스를 어렵지 않게 처치했었다.

시간을 되돌리는 능력 때문에 마지막 순간에 고전하기는 했었지만, 전설 등급 치고 특별히 전투 능력이 강력하지는 않았던 녀석이었다.

한편, 이안의 중얼거림을 들은 훈이가 이안을 향해 물었다.

"타르베로스? 아는 녀석이야?"

이안은 고개를 끄덕였다.

"50구역 관문지기로 있었던 녀석이다."

이안이 창대를 고쳐 쥐며 한마디 덧붙였다.

"그리 어려운 녀석은 아니니까 내 오더대로만 잘 움직여."

"알겠어."

훈이와 카노엘이 고개를 끄덕이며 전투를 시작하기 위해 자세를 잡았다.

이안이 그렇다면 그런 것이니까.

그런데 그때, 타르베로스를 향해 달려들려던 이안이 순간 멈칫 했다.

변수가 하나 생긴 것이다.

'뭐야, 한 마리가 아니었어?'

크르르-.

어둠을 뚫고 어슬렁어슬렁 기어 나오며 으르렁거리는 타르베로스들.

시야가 어두워서 정확히 알 수는 없었지만, 느껴지는 기척으로 미루어 볼 때 최소 서너 마리는 되어 보였다.

이안이 카이자르에게 나직한 목소리로 말했다.

"카이자르, 모션 기억하지?"

"물론이다."

"고유 능력 발동만 전부 끊어 보자고."

"알겠다, 주인."

이안은 더욱 의욕 넘치는 표정으로, 선두에 있는 타르베로스를 향해 달려들었다.

상대가 어려울수록 돌아오는 전리품은 많은 법이었으니까.

녀석들의 숫자가 많다고는 해도, 시간 되돌리는 고유 능력만 놓치지 않고 잘 끊어 내면 충분히 해볼 만한 싸움이었다.

정확한 고유 능력의 스펙을 알 수는 없었지만, 타르베로스의 시간 되돌리는 능력도 약간의 캐스팅 시간이라는 것이 존재했다.

그 타이밍을 잘 맞춰서 끊어 내기만 하면 되는 것이다.

물론 난전 속에서 발동하는 모든 고유 능력을 끊어 내기란 어렵겠지만, 한두 번 정도는 허용하더라도 이길 자신이 있었다.

"라이, 측면! 노엘이랑 훈이는 좌측 두 놈 맡아 줘!"

"오케이!"

"알겠다, 주인."

이안의 지시에 따라 일행은 일사불란하게 움직이기 시작했고, 굳어 있던 훈이도 막상 전투가 시작되자 능숙하게 언데드들을 컨트롤해 나갔다.

물론 타르베로스들도 가만히 있지는 않았다.

커허엉-!

타르베로스들이 울부짖자, 고막이 찢어질 정도로 커다란 소리가 울려 퍼졌다.

나타난 타르베로스는 총 다섯 마리였지만, 머리는 총 열다섯 개였던 것.

열다섯 개의 머리가 포효하자 그 울림은 엄청났다.

"고막 찢어지겠네!"

이안은 우선 라이와 함께 선두에 있던 한 녀석을 협공하기 시작했다.

놈의 공격 패턴은 이미 알고 있었다.

"저 무식하게 생긴 어금니에 현혹되면 안 돼! 앞발을 조심해!"

"오케이!"

타르베로스는 턱 밑까지 길쭉하게 튀어나온 날카로운 어금니를 가지고 있었다.

그것은 무척이나 위협적으로 보였지만, 사실 타르베로스의 주 무기는 어금니가 아니라 강력한 앞발이었다.

세 개나 되는 머리를 피하느라 앞발공격을 허용하면 무지막지한 대미지가 들어올 것이다.

약간의 시간이 지나자, 난전에 가까웠던 전장의 구도가 만

들어지기 시작했다.

이안과 카이자르, 라이가 한 놈을 맡아 협공했고, 뿍뿍이
와 카르세우스가 다른 한 녀석을 맡았으며, 핀과 할리는 훈
이와 카노엘을 도와 나머지 타르베로스들을 막아 내었다.

그렇게 어둠 속에서의 전투가 본격적으로 시작되었다.

혼돈의 도시 외곽에 위치한 소규모의 광장.

그곳에 열댓 정도 되어 보이는 마족 유저들이 모여 있었다.

광장에 꽂혀 있는 두 개의 길드 깃발로 미루어 보았을 때,
그들은 호왕 길드와 다크루나 길드의 유저들인 듯 보였다.

"흐음, 그래서…… 최정예로 각각 열 명씩 꾸려서 움직이
자?"

"그게 가장 효율적일 테니까. 숫자만 많다고 되는 일이 아
니라는 건, 그쪽도 잘 알고 있지 않나?"

가장 앞쪽에서 마주본 채 대화를 나누고 있는 두 사람은,
다름 아닌 마틴과 이라한이었다.

그들은 무척이나 진지한 표정으로 이야기를 나누고 있었다.

"흐음…… 하긴, 15구역까지 뚫으려면 최정예만 움직이는
게 좋겠지."

사이가 좋을 리 없는 호왕 길드와 다크루나 길드.

그들이 뭉친 이유는 단 하나였다.

바로 혼돈의 도시 길드 등록 퀘스트를 어떻게든 클리어하기 위해서였다.

이라한 또한 마틴과 마찬가지의 퀘스트들을 받았고, 결국 발록 사냥 퀘스트에서 막힌 것이다.

고작 길드 사무소에 길드 등록을 하기 위한 퀘스트 치고는 그 난이도가 무지막지했지만, 아쉬운 것은 그들이지 얀쿤이라는 괴팍한 NPC가 아니었다.

'그나저나 얀쿤, 그놈은 왠지 모르게 낯이 익은데…… 착각인가?'

이라한은 머릿속에 얀쿤의 모습을 떠올리며 고개를 갸웃했다.

무척이나 못마땅하다는 듯 자신을 응시하는 얀쿤의 표정이, 어딘지 모르게 낯익다는 느낌이었기 때문이었다.

'하긴, 근육 돼지 비주얼을 가진 마족이 한둘은 아니니까.'

어지러워진 머릿속을 정리한 이라한이 다시 마틴과의 협상에 집중했다.

지금 중요한 것은 얀쿤의 생김새 같은 것이 아니었다.

얀쿤이 자신을 이미 알아보았다는 놀라운 사실을 알았다면 얘기가 달랐겠지만 말이다.

이라한이 다시 마틴을 향해 입을 열었다.

"확실한 친구들로만 데려오는 게 좋을 거야. 20구역대 관문 보스들의 난이도는 정말 어마어마할 테니까."

마틴이 고개를 끄덕이며 대답했다.

"그건 내가 할 말이다, 이라한. 다크루나에 네놈 말고 또 쓸 만한 자원이 있을지는 모르겠지만, 짐짝이 될 만한 인원은 데려오지 않는 게 차라리 나아."

고난이도의 맵을 뚫는 것은, 인원이 많다고 해결되는 일이 아니었다.

유저의 인원이 많아질수록 많은 어그로를 끌게 되고, 결국 더 많은 마수들과 싸우며 움직여야 하기 때문이었다.

그렇기에 애초에 일정 수준 이하의 전력은 짐만 될 뿐이었다.

이라한과 마틴이 생각하기에, 최적의 인원은 사실 합해서 10인 파티 정도였다.

그러나 합을 맞춰 보고 최종적으로 파티를 구성해야 했기에, 일단 열 명씩을 선출해 오기로 한 것이었다.

두 시간 정도의 긴 회의 끝에, 호왕 길드와의 합의를 마치고 난 이라한은 자리에서 일어서며 속으로 구시렁거렸다.

'관문 보스만 아니어도 그냥 나 혼자 15구역까지 돌파하는 게 나을 텐데……'

맵을 돌파하는 데에 많은 인원은 짐이 되지만 결국 관문 보스를 상대하기 위해서는 파티가 필요했고, 발록을 사냥하기 위해서도 혼자서는 안 될 일이었다.

어쩔 수 없이 마뜩찮은 호왕 길드와 연합하게 된 이라한은 기분이 무척이나 언짢았다.

차라리 호왕 길드가 아닌 림롱의 천살 길드였다면 오히려 나았을 것이다.

만약 천살 길드와 함께였더라면, 4~5인 파티 정도로도 15구역까지 가는 게 가능할 거라는 생각도 들었다.

고난이도 맵을 뚫고 지나가기에, 암살자만큼 좋은 직업도 없었으니까.

그리고 여기서는 이라한만 아는 사실이었지만, 림롱이 길드 마스터로 있는 천살 길드에는 림롱 말고도 '혈사신'이라는 뛰어난 실력자가 한 명 더 있었다.

아이디만 봐서는 무협 덕후 아저씨 같은 느낌이 물씬 풍기는 유저였지만, 그의 실력만큼은 확실했다.

심지어 이라한이 보기에 그 혈사신이라는 유저가 마틴은 몰라도 사무엘 진보다는 강할 것 같았다.

자신과 비슷한 전투력을 가진 림롱이야 말할 것도 없었고.

어쨌든 협상을 끝낸 두 길드는 빠르게 인원을 추렸고, 곧바로 마계 15구역을 향해 움직이기 시작했다.

"노엘이, 훈이, 쭉 점검 한번 해 봐. 전력 손실 얼마나 돼?"

"나는 소환 해제했던 소환수들만 다시 소환되면 곧바로 움직여도 될 것 같아."

"나는 스킬 쿨만 전부 다 돌아오면."

타르베로스들과의 전투를 치르고 난 이안은, 일행의 상태를 한번 씩 쭉 점검했다.

생각보다 피해가 큰 탓이었다.

라이와 할리가 죽을 뻔했고, 지금껏 한 번도 위기가 없었던 뿍뿍이를 소환 해제해야 했던 것.

그나마도 카이자르와 카르세우스의 막강한 화력 덕에 피해를 최소화시킨 것이었다.

"오케이, 그럼 여기서 한 30분 정돈 쉬어 가야겠네. 나도 뿍뿍이 다시 불러오려면 그쯤 걸리니까."

"알겠어, 형."

대충 상황이 정리되자, 이안은 죽어 있는 타르베로스들을 향해 다가갔다.

전리품들을 회수할 시간이었다.

'능력석이라도 하나 건지면 정말 대박인데…….'

이안 일행이 생각보다 더 고전한 이유는, 타르베로스의 고유 능력이 생각보다 더 대단했기 때문이었다.

능력 자체가 원래 알던 것과 차이가 있지는 않았지만, 타르베로스 한 마리가 시간을 되돌리자 죽었던 타르베로스까지 살아난 것이다.

마지막 한 마리가 네 마리의 동료들을 전부 되살렸을 때
는, 정말 다 포기하고 누워 버리고 싶을 정도였다.

'이 고유 능력, 정말 탐난단 말이야.'

최고의 소환 마수들 연성해 낼 때 집어넣어야 할 재료가
하나 더 늘었다.

이안은 이 타르베로스의 능력석을 어떻게든 얻어서, 연성
해 낼 신화 등급의 마수에게 이 '시간 되돌리는 능력'을 장착
시켜 주고 싶어졌다.

가진 스킬들을 최고의 효율로 활용하는 이안의 전투 스타
일에, 무척이나 어울리는 고유 능력이었기 때문이었다.

이안은 우선 가장 가까운 곳에 죽어 있던 타르베로스 한
마리를 향해 다가가 손을 뻗었다.

띠링—.

ㅡ'타르베로스의 영혼석' (등급 : 전설) (분류 : 잡화) x9 아이템을 획득하
셨습니다.

ㅡ'중급 마정석'x3 아이템을 획득하셨습니다.

ㅡ'타르베로스의 가죽' 아이템을 획득하셨습니다.

ㅡ'시간의 보석' 아이템을 획득하셨습니다.

획득한 아이템 목록을 확인한 이안의 두 눈이 살짝 커졌다.

원했던 '능력석' 아이템은 얻지 못했지만, 생각지도 못한
이득을 봤기 때문이었다.

'시간의 보석이라고?'

시간의 보석은 이안도 알고 있는 아이템이었다.

차원의 마탑주이자 이안의 오랜 친구인 그리퍼가 마법사 클래스 유저들에게 주는 히든 퀘스트.

레벨 제한이 무려 210인 그 퀘스트를 클리어하기 위해 필요한 물건이었다.

하지만 이제껏 시간의 보석은 어디서도 발견되지 않았고, 그 때문에 아직 아무도 클리어한 유저가 없었다.

이안의 뇌리에 곧바로 한 사람의 얼굴이 떠올랐다.

'이거면…… 레미르 님을 꼬실 수도 있겠는데?'

레미르는 이안과 헤르스의 끊임없는 러브콜에도 아직 로터스 길드에 들어오지 않은 상태였다.

하지만 이 정도 떡밥이라면 레미르도 흔들릴 것이라 생각했다.

"ㅎㅎㅎ."

음침한 웃음을 흘린 이안이 이번에는 영혼석을 집어 들고 살펴보았다.

데빌 드래곤을 사냥했을 때 이후 오랜만에 보는 전설 등급 마수의 영혼석이었다.

-'타르베로스의 영혼석'×9을 획득하셨습니다.

-영혼석의 조각을 모두 모아 영혼이 모두 완성되면, 타르베로스를 소환하실 수 있습니다.

-현재 보유 중인 영혼석 : 9/200 (4.5퍼센트)

그리고 이안의 머리가 또다시 회전하기 시작했다.

'가만, 이거 잘하면……?'

일단 이안은 나머지 네 마리의 타르베로스 사체도 전부 회수했다.

그러자 모인 타르베로스의 영혼석은 총 마흔한 개.

한 마리당 평균 8조각 정도의 영혼석을 획득한 것이다.

그 외에는 딱히 눈에 띄는 아이템이 없었지만, 이안은 아쉬워하지 않았다.

잘하면 영혼석을 모아서 타르베로스를 완성할 수도 있다는 생각이 들었던 것이다.

물론 약간의 협박과 회유가 필요했다.

이안이 카노엘과 훈이를 향해 다가갔다.

"너희 혹시 영혼석 몇 개나 먹었냐?"

훈이와 카노엘은, 알 수 없는 오한을 느끼고는 몸을 떨었다.

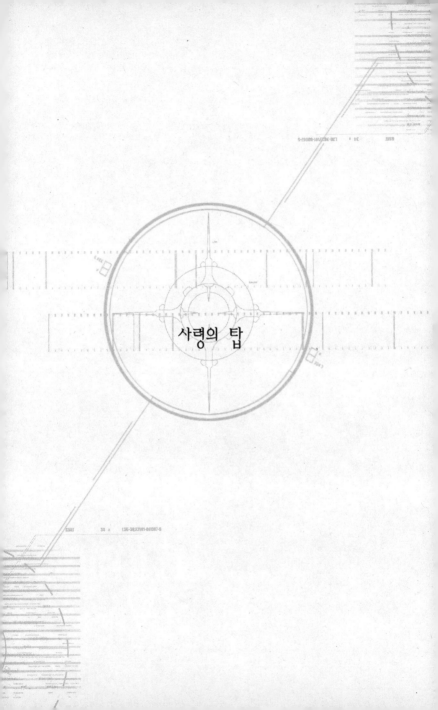

사령의 탑

Taming
Master

훈이와 카노엘에게 갈취(?)한 영혼석을 전부 합치자, 이안의 인벤토리에는 무려 여든다섯 개나 되는 타르베로스 영혼석이 쌓였다.

이것은 결코 적은 양이 아니었지만, 이안은 좀 아쉬운 표정이었다.

'음, 전투 기여도에 따라 획득하는 영혼석 숫자가 달라지는 건가? 세 사람 합치면 백이십 개 정도는 쌓일 거라 생각했는데…….'

이안이 획득한 타르베로스의 영혼석이 총 마흔한 개였고, 훈이가 획득한 영혼석은 스물여덟 개. 카노엘이 획득한 영혼석이 열여섯 개였으니, 얼추 전투 기여도와 연관이 있는 게 맞는 것 같았다.

훈이가 득의양양한 표정으로 말했다.

"형, 대신에 베히모스의 가죽은 온전히 나한테 주는 거다?"

"알겠어, 인마."

흑마법사인 훈이에게 마수 영혼석은 하등 쓸모없는 아이템이었다.

그런 잡템을 무려 베히모스의 가죽의 지분과 거래한다고 생각하니 남는 장사라고 생각된 것이다.

물론 훗날, 타르베로스의 영혼석이 개당 50만 골드에 거래된다는 사실을 알게 된다면 땅을 치며 후회하겠지만 말이다.

어쨌든 지금 훈이는 흡족한 거래라며 만족하고 있었고, 카노엘도 별 불만은 없어 보였다.

"뭐, 형이 지금까지 나 챙겨 준 게 얼만데. 이 정도 쯤이야."

"크으, 역시 노엘이는 클래스가 다르다니까. 항상 말하지만, 훈이 너도 좀 본받으면 안 되냐?"

이안의 핀잔에 훈이의 볼이 부풀어 올랐다.

"아, 왜 자꾸 금수저랑 비교하는데!"

한편 훈이와 이안이 실랑이하는 동안 일행의 재정비는 전부 끝이 났다.

이제는 사령의 탑 깊숙한 곳으로 움직일 시간이었다.

'이 탑 안에 타르베로스가 수십 마리 서식하는 거면 정말 행복하겠는데…….'

이안 일행이 타르베로스 다섯 마리를 사냥하는 데 걸린 시간은, 무려 3시간.

전투를 마치고 30~40분 정도의 정비 시간이 필요했던 것까지 감안한다면, 사냥 속도는 정말 극악이라 할 수 있었다.

하지만 그렇다고 해도 얻는 부수입이 너무 짭짤했으니, 이안은 진심으로 타르베로스가 계속 나타났으면 좋겠다고 생각했다.

"자, 다들 정신 바짝 차리고, 천천히 안으로 움직이자."

"알겠어, 형."

"흠, 근데 설마 계속해서 전설 등급의 마수가 등장하는 걸까? 아무리 히든 던전이라고 해도 그건 좀 오번데……."

훈이의 말에 이안이 고개를 끄덕이며 대꾸했다.

"나도 그렇게 생각하기는 하는데, 그래도 타르베로스가 계속 나왔으면 좋겠네."

"이번에 아예 완성하고 싶어서 그러지?"

"당연한 말씀."

훈이가 눈을 가늘게 뜨며 말했다.

"소환수도 충분히 많으면서. 타르베로스 완성한다고 해도 형 통솔력이 부족할걸?"

하지만 이안은 피식 웃으며 고개를 저었다.

"노노, 그럴 리가. 마수를 소환하는 데는 통솔력이 필요 없는걸?"

"엥?"

훈이의 두 눈이 휘둥그레졌다.

그는 지금까지 이안이 마수를 부리지 않는 이유가 통솔력이 부족해서라고 생각했기 때문이었다.

이안의 말이 이어졌다.

"마수를 소환하는 데 필요한 코스트는 '마기'야. 전설 등급의 마수 정도면 한 1만~2만 정도의 마기가 소모되지 않을까? 레벨에 따라서도 달라지긴 하겠지만."

"음? 소모된다고?"

이번에는 카노엘이 대답했다.

"소모돼서 사라지는 게 아니라, 통솔력이랑 비슷하게 적용되는 거야. 이안 형 마기가 5만이라고 가정하면, 마기 1만짜리 마수를 다섯 마리까지 소환할 수 있는 거지."

"아……."

훈이가 다시 의아한 표정이 되어 이안을 쳐다보았다.

"그럼 형, 왜 마수 안 쓰는 거야? 형 마기 5만도 넘잖아. 상급이나 최상급 마수라도 몇 마리 쓰는 게 좋지 않아?"

하지만 이안은 고개를 저었다.

"어쭙잖은 마수 써 봐야 별로 도움도 안 되고, 경험치만 가져가잖아. 지금 내 파티에서 1인분 하려면 최소 전설 등급은 돼야 해."

"아하."

그제야 이해가 된 훈이가 고개를 끄덕였고, 이안 일행은 다시 사령의 탑 안쪽으로 이동하기 시작했다.

그리고 이안의 기대와는 다르게, 탑의 1층에서는 더 이상 타르베로스가 등장하지 않았다.

필드에 서식하던 상급에서 최상급 사이의 마수들이 계속해서 등장할 뿐이었다.

물론 던전 최초 발견 보상 덕에 획득하는 경험치는 엄청나게 짭짤했지만, 이안은 아쉬웠다.

타르베로스를 한 마리 완성하고 싶었던 것이다.

'아, 한 마리는 완성할 만큼 조각을 모아야 하는데…….'

타르베로스 한 마리를 완성하는데 필요한 조각은 총 이백 개.

다섯 마리를 처치하여 80조각 정도를 벌었으니, 여덟아홉 마리 정도가 더 등장한다면 200조각을 완성할 수 있으리라.

"형, 저기 게이트야."

"그러네. 다음 층으로 가 볼까?"

2층으로 이어진 게이트를 발견한 이안 일행은, 빠르게 정비를 한 뒤 게이트를 향해 걸음을 옮겼다.

카일란의 공식 커뮤니티 홈페이지는 어떤 포털 사이트와

비교해도 부족하지 않을 정도로 그 규모가 크고, 트래픽량이 어마어마했다.

카일란을 플레이하는 유저의 숫자가 많다는 것이 가장 큰 이유였지만, 페이지에도 즐길 만한 콘텐츠가 무한하다는 것도 크게 한몫한 것이다.

게임 내의 무수히 많은 콘텐츠들이 그 성격에 맞게 분류되어 있음은 물론, 게임 캡슐과의 직접적인 연동까지 지원하니 커뮤니티가 활성화되지 않으려야 않을 수 없는 구조였다.

그리고 이 모든 시스템이 가능한 이유는, 공식 커뮤니티 자체를 LB사에서 직접 팀을 따로 꾸려 관리하고 있기 때문이었다.

"이 대리, 오늘 메인 A파트에 뭐 띄우기로 했었지?"

"잠시만요! 일정 확인해 보겠습니다!"

"빨리 찾아봐!"

"음…… 남부 대륙 신규 던전 오픈 기념 이벤트 페이지 뜨기로 되어 있었네요."

"그거 며칠 동안 걸리기로 되어 있던 건데?"

"오늘부터 사흘 동안 일정 잡혀 있습니다."

"당장 취소해! 이번 주 내내 동부 대륙 길드전 홍보 배너 걸어야 하게 생겼어. 아니, 어쩌면 다음 주까지도 쭉!"

"예에? 그거 지지난주 내내 걸려 있었잖아요. 길드전도 다 끝난 걸로 아는데요?"

"방금 기획부에서 연락 왔어. 로터스 이 미친놈들이 갑자기 동부 지역 길드에 랭킹 순으로 차례대로 영지전 싹 다 걸었대."

"헐, 대박! 길드전도 아니고 무려 영지전을요?"

"그렇다니까! 이거 메인에 안 띄웠다간 홍보부에 항의 메일 수백 통 날아올지도 몰라."

LB사 홍보부의 커뮤니티 관리 본부는 사내 어떤 부서들보다도 일이 많기로 소문난 팀이었다.

그리고 그 관리 본부의 본부장인 임진현은 요즘 아주 죽을 맛이었다.

최근 들어 갑자기 역대급으로 일이 많아진 탓이었다.

'한 달 내내 차원 전쟁 할 때가 차라리 속 편했는데…….'

커뮤니티 관리 본부는 오히려 대규모 업데이트같이 확실히 큰 이벤트가 진행될 때가 일이 적었다.

대배너 몇 개, 굵직한 영상 콘텐츠 몇 개만 공들여 만들어 놓으면, 페이지 콘셉트를 바꿀 일 없이 최소 한 달은 날로 먹을 수 있기 때문이었다.

게임 플레이 영상도 한 번 연동해 놓으면 쭉 이어 갈 수 있는 것.

하지만 요즘은 그런 큰 이벤트가 없다 보니, 사건 하나 터질 때마다 수시로 페이지를 관리해야 했다.

물론 그에 비례해 보너스도 충분히 많이 나오지만, 요즘 같아서는 돈 안 받고 일 덜하고 싶다는 말이 절로 나올 것 같았다.

"디자인 팀, 20분 뒤에 전부 회의실로 모이도록!"

"보, 본부장님, 지금 5시 50분인데…… 헤헤."

"시끄러! 지금 퇴근하게 생겼어? 당장 내일 A파트 배너부터 시작해서 죄다 교체해야 되게 생겼는데!"

"지난번에 썼던 이미지 그대로 갖다 쓰면 안 될까요? 어차피 메인은 똑같이 로터스 길드잖아요. 상대 길드 차트만 슬쩍 바꿔다 끼우면……."

디자인 팀 유 팀장의 말에, 임진현이 인상을 팍 쓰며 대꾸했다.

"네가 이사님께 보고 직접 들어가든가!"

결국 유 팀장은 울상이 되어 대답할 수밖에 없었다.

"……디자인 팀 소집하겠습니다."

크허어엉-!

어둡고 음침한 장내에 거대한 포효가 울려 퍼졌다.

이어서 거대한 그림자가 바닥에 쓰러지며, 탑 전체가 흔들리는 듯한 진동이 바닥으로부터 퍼져 나왔다.

쿠웅-!

"나이스 샷! 적응되고 나니까 이놈도 상대할 만하네!"

훈이가 씨익 웃으며 손가락으로 브이를 그리자, 이안이 피식 웃으며 노고를 치하했다.

"훈이, 방금 데스헨드 타이밍 굿."

카노엘도 한 마디 거들었다.

"그러게, 훈이가 스킬 끊어 줘서 쉽게 잡았네."

훈이는 뿌듯한 표정으로 으쓱거렸다.

"에헴, 내가 바로 간지훈이라고. 이 정도 컨트롤은 껌이지, 껌."

일행의 앞에 쓰러져 있는 두 마리의 거대한 마수.

그들은 다름 아닌 타르베로스였다.

1층에서는 다시 볼 수 없었던 타르베로스였지만, 층을 하나 오를 때마다 타르베로스가 두 마리씩 등장한 것이다.

지금 이안 일행이 올라와 있는 곳은 사령의 탑 8층.

1층에서 다섯 마리, 나머지 각 층에서 두 마리씩.

벌써 총 스무 마리가 넘는 타르베로스를 사냥한 것이다.

물론 영혼석은 전부 이안의 차지였고, 덕분에 모인 타르베로스 영혼석은 삼백사십 개였다.

"형, 근데 타르베로스 언제 소환할 거야? 이백 개는 아까 넘지 않았어?"

훈이의 물음에 이안이 고개를 끄덕였다.

"응, 넘었지. 그런데 지금 소환해 봐야 의미 없으니까, 퀘스트는 클리어하고 나서 소환하려고."

"왜? 타르베로스 정도면 우리 파티에 엄청 큰 힘이 될 텐데."

이안 대신 카노엘이 대답했다.

"소환하면 아마 1레벨일 텐데?"

"에……?"

해 본 적은 없었지만, 충분히 짐작할 수 있는 내용이었다.

소환수나 마수의 알이 부화하면 무조건 1레벨의 몬스터가 소환되는데, 영혼석도 비슷할 것이라 생각한 것이다.

"하긴, 그러면 쓸 일은 없겠지."

훈이가 수긍하며 고개를 끄덕였고, 이안이 피식 웃으며 타르베로스들의 사체를 수습했다.

"흠, 이제 최상층까지 얼마 남지 않은 것 같은데. 한 2층 정도만 더 올라가면 베히모스를 만날 수 있으려나?"

이안의 중얼거림에 카노엘이 대답했다.

"아마 그렇지 않을까? 내 생각에도 10층을 넘어가지는 않을 것 같아."

그런데 두 사람이 대화하고 있던 바로 그때, 갑자기 탑 전체가 조금씩 흔들리기 시작했다.

투둑- 투투툭-.

마치 지진이라도 난 듯, 거칠게 흔들리기 시작하는 사령의 탑.

전체가 석재로 만들어진 석탑이었기에, 흔들릴 때마다 허공에서 돌가루도 조금씩 떨어졌다.

"이거 뭐지? 지진이라도 난 거야?"

이안이 주변을 살피며 침착히 대꾸했다.

"지진은 아닌 것 같아. 그래도 조심해. 위에서 떨어지는 바윗덩이에라도 맞으면 바로 즉사할지도 몰라."

그리고 때마침 일행의 앞에 묵직한 바윗덩이가 떨어져 내렸다.

콰앙-!

세 사람은 기겁하며 뒤쪽으로 빠르게 물러났고, 진동은 더욱 심해지기 시작했다.

"뭐지? 노엘이 형, 이동 스크롤 찢을 준비하자."

카노엘이 고개를 끄덕이며 품 속에서 순간 이동 스크롤을 꺼냈다.

몬스터와 전투 중에 사망하는 거라면 몰라도, 자연재해로 인해 게임아웃 되고 싶지는 않았다.

그런데 그 순간, 뭔가를 발견한 이안이 한쪽 손을 들어 둘을 제지했다.

그리고 다른 한 손으로, 어둠 속을 가리켰다.

"잠깐, 저쪽에 뭐가 있어."

"음?"

카노엘과 훈이의 시선이 동시에 이안의 손끝을 향했다.

그리고 그곳에는…….

크르르르-.

붉은 빛을 뿜어내는 거대한 눈동자가 세 사람을 향해 희번 득거리고 있었다.

"미친! 저게 뭐야!"

사방에 시뻘건 불덩이가 피어오르며, 어둠 속에 잠겨 있던 거대한 마수가 그 모습을 드러냈다.

본체로 현신한 카르세우스나 뿍뿍이와 비교해도 두 배 이 상은 더 거대해 보이는 몸집을 가진 마수는, 그 존재감만으 로도 이안 일행을 압도했다.

"코뿔소?"

카노엘의 중얼거림에 훈이가 뒤로 한 발짝 물러서며 말 했다.

"저렇게 괴상하게 생긴 코뿔소가 어디 있어?"

머리에는 돋아 있는 우악스런 세 쌍의 뿔과, 콧등에 솟아 있는 붉고 두툼한 뿔.

안면 자체는 코뿔소를 연상케 하는 외모였으나, 등줄기를 따라 꼬리까지 돋아 있는 커다란 돌기들 때문인지 고대의 공 룡 같은 느낌이 들기도 했다.

그리고 이안 일행은 오래지 않아 이 괴생명체의 정체를 알수 있었다.

크아아오오-!

마수는 귀가 먹먹해질 정도의 거대한 포효와 함께 완전히 모습을 드러냈다.

-베히모스 : Lv. 406

마수의 정체는 바로, 이안 일행이 지금껏 찾고 있었던 전설 등급의 마수 베히모스였다.

베히모스는 차원 전쟁 때도 등장한 적이 없었기 때문에, 이안 일행은 더욱 긴장할 수밖에 없었다.

훈이가 처음으로 입을 열었다.

"다행히 움직임은 좀 느려 보이지?"

이안이 베히모스를 찬찬히 살피며 입을 떼었다.

"그건 그런데, 무슨 가죽 질감이…… 철갑 같은 느낌이야. 물리 저항력 엄청날 것 같아."

이안은 손에 들고 있던 창극을 힐끔 쳐다보았다.

비상식적인 공격력을 가진 '정령왕의 심판'이었지만, 저 무식한 가죽을 찢어발길 수 있다고는 장담할 수 없었다.

'300레벨 후반대만 되었어도 이렇게 위압적이진 않았을 텐데…….'

그래도 확실한 것은 450레벨에 육박했던 대신관에 비해서는 훨씬 약해 보인다는 점이었다.

정신만 바짝 차리면 어떻게 비벼 볼 수도 있겠다는 생각이 들었다.

"훈이, 노엘이, 일단 살짝 뒤로 빠져 봐."

"왜? 덩치가 큰 놈이니까 좁은 데서 싸워야 오히려 유리한 거 아니야?"

훈이의 반문에 이안이 고개를 저었다.

"좀 더 밝은 데로 끌어내게. 그리고 저 녀석에 대한 정보가 아예 없는 마당에 선공할 순 없잖아?"

"하긴, 알겠어."

이안과 훈이, 카노엘은 서로 빠르게 의사소통을 하며 뒤쪽으로 물러섰다.

이안은 최악의 경우까지 생각하고 있었다.

'만약 이번에 녀석을 못 잡으면, 다음 트라이에라도 잡을 수 있게 최대한 정보를 많이 뽑아 내야 해.'

워낙 강력한 상대다보니 전투에 패배할 경우까지 생각하는 것이다.

물론 패배하더라도 녀석에게 죽어 줄 생각은 없었다.

언제든 위험하다는 생각이 들면 망설임 없이 스크롤을 찢을 생각이었다.

순간 이동 스크롤이 아무리 비싸다고 해도, 랭킹 1위인 이안의 1레벨 다운에 비견될 건 아니었으니까.

쿵- 쿵- 쿵-.

베히모스가 육중한 몸을 일으켜 천천히 이안들을 향해 움직이기 시작했다.

엄청난 굵기의 다리통이 한 발짝 움직일 때마다, 던전 전체가 진동했다.

"내가 신호하면, 공격 시작해, 알겠지?"

"오케이!"

이안은 초긴장 상태로 녀석의 움직임을 주시했다.

지금은 느릿느릿한 걸음걸이로 이동 중인 녀석이었지만, 언제 변칙적인 공격을 해 올지 모르니 긴장을 늦춰서는 안 됐다.

'조금만, 조금만 더……!'

이안은 못해도 녀석의 전신이 전부 어둠 밖으로 빠져나오면, 공격을 시작할 생각이었다.

드러나지 않은 어둠 속에 놈의 무기가 있다면 대비하기 힘들 것이기 때문이었다.

그런데 그때…….

크르르-.

붉은 눈동자를 번뜩이며 세 사람을 한 번씩 응시한 베히모스가 돌연 걸음을 돌리기 시작하는 게 아닌가.

"뭐, 뭐지? 쟤 어디 가는 거야?"

"그러게. 이건 생각지도 못했는데. 어떡할까? 공격해, 형?"

카노엘이 당황해서 이안을 쳐다보았고, 훈이 또한 어리둥절한 표정이 되었다.

그리고 의아한 것은 이안 또한 마찬가지였다.

공격적 성향이 무척이나 짙은 '마수'가 이렇게 등을 보이는
것은, 이안이 마계에 들어오고 나서 처음 본 것이기 때문이
었다.

'뭐지? 왜 돌아가는 거지?'

게다가 녀석의 레벨이 이안 일행보다 100레벨 이상이 높
은 상황이었으니, 더욱 이해하기 힘든 것이다.

멍한 표정으로 베히모스의 뒷모습을 보던 훈이가, 이안을
보며 말했다.

"형, 혹시……."

"음?"

"저 녀석이 그 어둠의 보주라는 것을 지키려고 저러는 게
아닐까?"

훈이의 그럴싸한 가정에 이안이 반색했다.

"오호?"

그러자 신이 난 훈이가 계속해서 말을 이었다.

"저 베히모스라는 녀석의 임무가 어둠의 보주를 지키는 것
이라면, 멀리 안 나오고 되돌아가는 게 설명이 되잖아."

"확실히 그러네. 오랜만에 훈이가 옳은 말을 했어."

"오랜만이라니! 난 항상……!"

훈이의 반발을 가볍게 무시한 이안이, 머리를 빠르게 회전

테이밍마스터

시키기 시작했다.

이안의 가늘게 뜬 눈이 베히모스가 사라지고 있는 어둠을 향했다.

'훈이의 의견…… 충분히 가능성이 있는 얘기야. 저 안에 어둠의 보주가 있을 수도 있지.'

하지만 그렇다고 하더라도, 그것은 가정일 뿐이었다.

그것을 전제로 작전을 짜기에는, 위험부담이 너무 컸다.

이안이 입을 열었다.

"확인해 보자."

"뭘?"

"저 안에 보주가 있는지 말이야."

"그러니까 어떻게?"

이안이 시선을 돌려 자신의 옆에 동동 떠 있던 카카를 응시했다.

"이 녀석이라면 가능할 거 같은데?"

훈이와 카노엘은 이안의 말을 대번에 이해했다.

"오, 확실히 카카라면!"

"그러네, 내가 흑마안까지 쓰면 완벽하겠어."

베히모스가 신성 계열의 고유 능력을 사용하는 것이 아니라면 카카에게 해를 입힐 수 있는 방법은 없다.

카카라면 아무 위험 없이 저 어둠 속에 뭐가 숨겨져 있는지 알아낼 수 있는 것이다.

게다가 흑마법사인 훈이가 가지고 있는 '흑마안黑魔眼'이라는 스킬을 사용한다면, 파티원 전체가 카카의 시야를 공유받을 수 있게 된다.

모두의 시선이 카카를 향했고, 카카가 고개를 끄덕이며 대답했다.

"알겠다, 주인. 내가 다녀오도록 하겠다."

포롱- 포롱-

카카가 날갯짓을 시작하자, 특유의 거슬리는 효과음이 작게 울렸다.

그에 이안이 인상을 팍 쓰며 말했다.

"야, 날갯짓 하지 말라니까?"

"날개를 움직여야 하늘을 나는 기분이 든다, 주인아."

"닥치고, 날개 좀 가만히 있어."

"흑……."

울상이 된 카카가 날갯짓을 멈췄지만, 역시 비행에는 전혀 지장이 없었다.

"어후 답답해. 쟤 왜 이렇게 느려?"

"내 말이."

카카가 한참을 날아 어둠 속으로 모습을 감추자, 훈이가 스컬 완드를 치켜들며 마법을 캐스팅했다.

"흑마안이여, 내게 세 번째 눈을 허락하라!"

위이잉-!

그러자 훈이의 완드로부터 검보라빛의 연기가 피어오르더니, 일행의 앞에 커다란 구슬이 되어 나타났다.

그리고 그 구슬에는 마치 흑백영화를 연상시키는 영상이 떠올라 있었다.

물론 카카의 시야가 보이는 것이었다.

이안이 훈이에게 핀잔을 주었다.

"야, 꼭 그런 오그라드는 영창을 해야 하는 거야?"

"오그라들다니! 형이 그래서 안 되는 거야. 아무리 컨트롤을 잘 하면 뭐해? 이런 걸 오그라든다고 생각하니까 간지가 안 나는 거야."

"어련하시겠어."

세 사람은 훈이가 소환한 수정구 앞으로 모여들었다.

그리고 그것을 조용히 관찰하던 카노엘이 작은 목소리로 물었다.

"야, 훈아. 이거 지난번에 흑마안 발동시켰을 때는 분명 풀 컬러 영상이 나왔던 것 같은데, 왜 흑백으로 바뀐 거냐? 성능이 다운그레이드 됐는데?"

그에 훈이가 고개를 저으며 대답했다.

"성능이 다운그레이드 된 게 아니고, 지금 보이는 이게 카카의 시야인 거야."

"뭐?"

"카카가 평소에 보는 세상이 이렇게 흑백이었던 거지."

두 사람의 대화를 듣던 이안도 뭔가를 깨달았다는 듯 입을 열었다.

"아하? 오, 그러고 보니 어둠 속이 엄청 선명하게 보이잖아?"

"엇, 그러네?"

어쨌든 덕분에 어둠 속을 더욱 선명하게 볼 수 있게 된 세 사람은, 대화를 멈추고 구슬을 통해 보이는 영상에 더욱 집중하기 시작했다.

카카는 대담하게도, 엎드려 있는 베히모스의 바로 옆을 지나 계속해서 움직이고 있었다.

몸집이 작은 카카의 눈으로 베히모스를 보니 괴수가 아니라 거의 큰 바위언덕처럼 느껴졌다.

"이제 꼬리인가? 드디어 끝이 보이네."

훈이의 중얼거림처럼, 카카의 정찰은 이제 거의 그 끝이 보이고 있었다.

그리고 일행은, 눈에 불을 켜고 어둠의 보주를 찾기 위해 화면에 집중했다.

그때였다.

"어, 잠깐. 저기 저거! 저건가?"

카노엘이 뭔가를 발견했다는 듯 손가락으로 가리켰고, 그와 동시에 훈이와 이안의 시선도 고정되었다.

베히모스의 거대하고 기다란 꼬리가 희미하게 빛나는 어떤 물체를 조심스럽게 휘감고 있었던 것이다.

카카도 그것을 발견했는지 그 물체를 향해 움직이기 시작했고, 곧 세 사람은 그 물체의 모습을 정확히 확인할 수 있었다.

그리고 그 물체는, 한 개가 아니었다.

총 세 개의 매끈한 유리알 같은 물체들이 서로에 기대어 세워져 있었던 것이다.

그리고 그 주변에는 기이한 아지랑이 같은 것이 피어오르고 있었다.

"뭐야, 이건 어둠의 보주가 아닌데?"

훈이의 말에, 카노엘이 고개를 끄덕이며 동조했다.

"그, 그러게? 나 방금 퀘스트 창 열어서 어둠의 보주 생김새 확인해 봤는데, 이거랑은 너무 다르게 생겼어."

"이건 마치…… 알 같잖아?"

"아냐, 그런데 알이라기엔 표면이 너무 매끈하고 안에서 빛이 새어나오고 있잖아. 무슨 보석 같은 게 아닐까?"

그 뒤로 카카가 주변을 더 돌아다녀 보았지만, 다른 물체는 발견할 수 없었다.

그리고 정황상, 베히모스는 이 의문의 물체들을 지키고 있는 것이 분명했다.

카노엘과 훈이는 물체의 정체에 대해 열심히 추측하기 시작했고, 이안은 혼자서 골똘히 생각에 잠겼다.

'저게 뭘까? 왜 난 저걸 어디서 본 것 같지?'

이안은 카카의 시야가 흑백인 게 무척이나 아쉬웠다.

만약 색상이 입혀져 있는 화면을 확인했더라면, 분명 그 물체가 무엇이었는지 깨달을 수 있을 것 같았다.

'너무 낯이 익어. 분명 어디선가 봤던 물건인데…….'

이안은 열심히 기억을 끄집어내 보았다.

'카르세우스의 영혼이 담겨 있던 신룡의 알 질감이 약간 저런 느낌이었던 것 같은데, 생긴 모양은 또 다르고.'

신룡의 알은 여느 알과 마찬가지로 아래가 더 볼록한 '알'의 형태를 가지고 있었다.

반면 베히모스가 품고 있는 세 개의 물체는 거의 대칭에 가까운 타원이라고 할 수 있었다.

'뭐지? 으, 미치겠네.'

이안은 머리를 쥐어뜯으며 카카의 시야에 다시 들어온 의문의 물체를 뚫어져라 쳐다보았다.

그때, 물체의 표면을 타고 은은한 빛이 좌르륵 흐르기 시작하는 게 아닌가.

그리고 그 순간, 이안은 그 물건을 어디서 봤었는지 깨달았다.

이안의 뇌리를 번개같이 스치고 지나가는 기억 속 물건은 바로…….

'알 수 없는 마수의 알! 그거였어. 왠지 낯익다 했더니…….'

이안은 다시 한 번 영상 속의 물체들을 유심히 살폈다.

자세히 보면 볼수록, 그 물체들은 이안의 기억 속에 있는 '알 수 없는 마수의 알'과 너무 흡사한 모습을 하고 있었다.

이안이 복잡한 표정으로 중얼거리듯 입을 열었다.

"저거…… 베히모스의 알이야."

"응?"

"베히모스의 알이라고. 녀석이 자기 알을 지키고 있는 거야."

이안의 말에 훈이가 반문했다.

"나도 정황상 그럴지도 모른다는 생각이 들긴 하는데, 그걸 어떻게 확신해? 알이라기에는 좀 생김새가 특이하잖아?"

카노엘 또한 궁금하다는 듯 한 표정으로 이안을 쳐다보았고, 이안은 자신이 확신하는 이유에 대해 짧게 설명해 주었다.

그러자 훈이가 키득키득 웃기 시작했다.

"그럼 형, 그 그리퍼라는 NPC한테 무려 베히모스의 알을 조공한 거야?"

이안의 표정이 구겨졌다.

"시끄러, 인마. 그렇지 않아도 배가 아프던 참이니까 말이야."

옆에 있던 카노엘이 말했다.

"에이, 그래도 형, 그 알을 조공한 덕분에 그 사기적인 차원의 문을 열 수 있게 된 건데 이 정도면 딱히 손해 보는 장사는 아닌 것 같은데 난?"

이안은 피식 웃으며 고개를 끄덕였다.

카노엘의 말도 맞는 말이기 때문이었다.

그때 얻은 차원 마력 충전기가 아니었더라면, 아직까지 차원의 구슬은 애물단지로 남아 있었을 것이었다.

하지만 그렇다고 하더라도 원래 인간의 욕심이란 끝이 없는 법.

'그래도 아까운 건 어쩔 수 없단 말이지.'

입맛을 다신 이안의 시선이, 다시 영상 속의 베히모스의 알로 추정되는 물건으로 향했다.

"이렇게 된 이상……!"

이안이 입을 열자, 카노엘과 훈이의 시선이 자동으로 그의 입을 향했다.

"저 알을 어떻게든 손에 넣어야겠어."

훈이와 카노엘 또한 초롱초롱한 눈으로 고개를 끄덕였다.

"한번 작전을 잘 짜 보자고. 무려 베히모스의 알이잖아?"

"그러니까. 나도 갑자기 전설 등급 마수 한 마리 키워 보고 싶어졌어."

이안은 의욕이 더욱 샘솟는 것을 느꼈다.

아마 세 개의 알 중, 두 개 정도는 자신의 몫이 될 것이기 때문이었다.

소환술사인 카노엘에게는 한 개를 줘야겠지만, 훈이의 몫까지는 이안 자신이 가져올 수 있을 것 같았다.

물론 공짜로 날름할 생각은 아니었다.

훈이에게는 그에 상응하는 부탁을 들어주면 되는 것이었으니까.

'심지어 베히모스는 일반적인 전설 등급도 아니야. 마왕조차도 아직 포획한 전례가 없다는 엄청난 녀석이다.'

이안은 이 베히모스라면, 최강의 마수 연성을 위한 본체로 부족함이 없을 것이라는 생각이 들었다.

대륙의 동쪽 끝.

그리고 그 황무지에 홀로 우뚝 솟아 있는 높다란 탑.

'차원의 마탑'이라는 이름으로 불리는 그 탑의 뒤편을, 노인 하나가 한가로이 거닐고 있었다.

느릿느릿한 걸음으로 산보를 하던 노인은 문득 귓불을 긁적이며 중얼거렸다.

"음, 왜 갑자기 귀가 간지러운 것 같지?"

물론 노인의 정체는 차원의 마도사 그리퍼.

그리퍼는 최근 들어 무척이나 평화롭고 여유 넘치는 하루 하루를 보내고 있었다.

몇 달 전까지만 하더라도 마계의 침략 때문에 골머리를 앓고 있었지만, 차원 전쟁이 끝나고 나자 평화로워진 것이다.

무엇보다도 가장 만족스러운 것은, 인간계의 다섯 신들이 더 이상 자신을 귀찮게 하지 않는다는 점이었다.

그래서 요즘은 마탑 뒤편의 황무지를 개간하여, 넓고 아름다운 정원을 가꾸는 중이었다.

한 가지 문제가 있다면, 욕심이 큰 나머지 정원을 너무 넓게 만들었다는 점이었다.

그리퍼는 과장을 조금 섞으면 지평선이 보이는, 자신의 정원을 둘러보며 작게 중얼거렸다.

"제자라도 하나 들여야 하나……."

제자라는 이름의 노예로 어떤 인재상이 좋을지 잠시 고민을 하던 그리퍼는, 익숙한 울음소리에 고개를 들어 하늘을 보았다.

푸르릉-!

"오오, 녀석. 오늘은 어디를 다녀온 게냐. 표정을 보아하니 배불리 식사를 한 모양인데, 인간을 해친 것은 아니겠지?"

푸릉- 푸르릉-!

하늘을 가득히 뒤덮은 거대한 그림자.

그리퍼는 그 커다란 그림자를 향해 인자한 미소를 짓고 있었다.

베히모스는 무척이나 강력했다.

400이 넘는 어마어마한 레벨을 가지고 있으니 당연하다고 생각할지도 모르겠지만, 그것은 단순이 레벨로 환산할 수 있는 그런 강력함이 아니었다.

'이렇게 무식한 마수는 처음이야.'

이안은 아무리 공격을 퍼부어도 멀쩡한 베히모스를 보며, 혀를 내둘렀다.

필드에 널려있는 일반적인 마수들을 상대할 때, 이안의 평균 DPSDamage Per Second는 거의 100만에 육박했다.

소환수들이 입힌 피해량까지 전부 이안의 DPS로 계산되니, 이런 어마어마한 수치가 가능했던 것이다.

하지만 지금, 베히모스를 상대하는 동안 책정된 이안의 평균 DPS는 고작 10만 언저리에 불과했다.

베히모스를 상대로는 평소 딜량의 10퍼센트 남짓밖에 나오지 않는 것이다.

그야말로 무지막지한 방어력과 저항력이라고 할 수 있었다.

그렇다고 몸빵이 어마어마한 만큼, 녀석의 공격력이 떨어지느냐 하면 그것도 아니었다.

꼬리치기에 정통으로 직격된 빡빡이가 단 한 방에 절반이 넘는 생명력이 닳았을 정도이니, 공격력 또한 상상을 초월할 정도라고 할 수 있었다.

이안은 이제야 깜빡거리기 시작한 베히모스의 생명력 게이지를 확인하며 속으로 중얼거렸다.

'휴우, 거의 하루 종일 때렸는데 이제 최대 생명력의 절반 정도를 깎았다니.'

물론 베히모스의 공격 패턴을 파악하느라 3시간 이상을 날리기는 했지만, 그렇다고 하더라도 정말 기가 막힐 노릇이었다.

그나마도 이만큼 베히모스의 생명력을 깎아 낼 수 있었던 것은, 녀석의 AI가 상상을 초월할 정도로 멍청했기 때문이었다.

베히모스는 무지막지한 탱킹 능력과 공격력을 가진 대신, 굼벵이처럼 느리고 멍청했다.

그것이 녀석의 치명적인 단점이었다.

"카르세우스, 브레스 준비!"

"알겠다, 주인."

본체로 현신한 카르세우스가 허공으로 날아오르며 입김을 빨아들였다.

그리고 어둠 속을 향해 고개를 돌린 카르세우스는, 입을 쩍 벌렸다.

그러자 베히모스가 곧바로 그에 반응했다.

쿵- 쿵- 쿠쿵-!

거구를 움직여, 서둘러 카르세우스의 앞을 막아서는 베히모스. 그리고 당연한 얘기겠지만, 그 넓은 범위의 브레스가 베히모스의 온몸을 휩쓸고 지나갔다.

언뜻 보면 이해할 수 없는 움직임이었지만, 당연히 베히모스의 움직임에는 이유가 있었다.

어둠 속에 숨겨져 있는 자신의 '알'을 브레스로부터 지키려는 움직임이었던 것이다.

─소환수 '카르세우스'가 고유 능력 브레스를 발동합니다.

─전설의 마수 '베히모스'에게 치명적인 피해를 입혔습니다.

─'베히모스'의 생명력이 137,898만큼 감소합니다.

─'베히모스'의 생명력이 98,997만큼 감소합니다.

─'베히모스'의 생명력이 108,982만큼 감소합니다.

순간적으로 뭉텅이가 깎여 나가는 베히모스의 생명력.

카르세우스의 브레스에 직격당한 것 치고는 말도 안 되게 피해가 적은 베히모스였지만, 그렇다고는 해도 한 번에 5퍼센트 정도의 생명력이 빠져나간 것이다.

쿠어어어어─!

브레스에 맞은 것이 분한지 베히모스는 괴성을 질러 대었다.

붉은 눈동자를 이리저리 부라리는 것을 보니 화가 머리끝까지 나 있음이 분명했다.

그리고 이 다음에 이어질 베히모스의 공격 패턴을 이안은 정확히 알고 있었다.

"모두 뒤쪽으로 물러나! 3초 뒤 진동파!"

아예 고유 능력 발동에 걸리는 시간까지 정확히 꿰고 있는 이안이었다.

이안의 외침에 마치 기다렸다는 듯 모든 소환수와 언데드가 공격을 멈추고 뒤로 물러났다.

그리고 소환수들이 썰물처럼 빠져나가자마자, 그 위에 베히모스의 거대한 앞발이 쿵 하고 떨어져 내렸다.

쿵- 쿵- 쿠쿠쿵-!

베히모스의 앞발이 찍힌 위치를 중심으로, 붉은 마기의 파동이 빠르게 퍼져 나가기 시작했다.

그런데 그 마기의 파동은 정확히 소환수들이 물러난 지점 바로 앞까지 퍼져 나가더니 소멸되는 것이 아닌가.

"좋았어! 그대로 뛰어들어!"

사실 이 진동파라는 베히모스의 광역기는, 어마어마한 파괴력을 가진 광역 파괴 기술이었다.

라이처럼 탱킹력이 약한 개체는 스치기만 해도 사망에 이를 수 있는 어마어마한 광역 공격기인 것이다.

하지만 이 어마어마한 공격기에, 이안 일행은 스켈레톤 한 마리조차도 잃지 않았다.

쿵- 쿵-.

약이 오를 대로 오른 베히모스가 콧김을 뿜어 대며 이안 일행을 향해 마주 달려들었다.

그리고 그에 따른 이안의 오더가 다시 이어졌다.

"탱커들 전부 뒤로 빠지고, 공격 조 앞으로!"

이어질 베히모스의 공격은, 바로 꼬리치기.

이제 잠시 후, 베히모스가 거대한 몸을 뒤틀며 집채만 한 꼬리를 휘둘러 댈 것이다.

그런데 왜 탱커들을 뒤로 뺐느냐?

그 이유는 간단했다.

베히모스의 꼬리치기는 거대한 덩치 때문인지 느릿한 편이었고, 민첩성이 어느 정도만 된다면 전부 피해 낼 수 있는 공격이기 때문이다.

괜히 몸이 굼뜬 탱커들이 앞에서 꼬리치기를 맞아 줄 필요가 없는 것이다.

꼬리치기는 느리긴 했지만 그 공격력이 대단해서, 아무리 탱킹 능력이 뛰어난 개체라고 해도 순식간에 녹아 버릴 위험도 있었다.

쾅- 쾅- 콰쾅-!

베히모스가 꼬리를 휘두를 때마다, 던전 바닥으로부터 굉음이 울려 퍼졌다.

딜러들은 빠르게 베히모스의 꼬리를 피해 내며 공격을 퍼붓기 시작했고, 이안 또한 어느새 정령왕의 심판을 고쳐 잡고 베히모스의 거구 위로 뛰어올라 있었다.

퍽– 퍼퍽–!

이안은 정령왕의 심판을 거꾸로 틀어 쥔 채, 베히모스의 등가죽에 쉴 새 없이 창극을 틀어박았다.

하지만 이안은 베히모스에게 공격을 성공시키는 것보다 전체적인 파티의 움직임에 더 집중했다.

몰아치는 한 번의 공격으로 잡아 낼 수 있는 녀석이 아니다 보니, 당장에 피해를 더 입히는 것보다 최소한의 피해로 페이즈를 넘기는 것이 훨씬 중요했기 때문이었다.

"훈이, 좀 더 과감하게 들어오고, 노엘이는 이제 빠져!"

꼬리를 미처 피하지 못한 훈이의 언데드들이 부서지는 게 보였지만, 이 정도의 피해는 감수해야 할 부분이었다.

훈이의 언데드는 시간만 지나면 금방 복구되는 병력이었으니까.

이안은 초긴장 상태를 유지하며 베히모스의 움직임 하나하나를 면밀히 살폈다.

그리고 페이즈가 지속되는 시간을 재는 것도 잊지 않았다.

'이제 30초, 20초, 10, 9, 8…….'

꼬리치기 다음에 이어질 베히모스의 공격은, 모든 페이즈 중에 가장 위험한 구간이었다.

정확한 고유 능력의 명칭은 알 수 없었지만, 맵 전체에 회오리바람이 몰아치기 시작하며 그 안에 마기와 바윗덩이가 부서져 날리는 광역 공격기였다.

이 고유 능력은 피할 수 있는 방법도 없었으며, 막아 낼 수 있는 방법도 없었다.

무조건 힐과 실드를 사용해 버텨 내야 하는 구간이었던 것이다.

그나마 이안 일행이 이 광역기를 지금까지 버텨 낼 수 있었던 이유는, 공격 타입이 '도트'이기 때문이었다.

한 번에 큰 피해가 들어오는 것이 아니라 잘게 쪼개진 피해가 지속적으로 들어오는 타입이다 보니, 뿍뿍이의 심연의 가호로 버틸 수 있었던 것이다.

이런 식으로 이안은 반복되는 베히모스의 공격 패턴 속에서 완벽히 파티를 통제하며, 조금씩 지속적으로 베히모스의 생명력을 깎아 내고 있었다.

시간이 지날수록 집중력이 떨어지는 것이 느껴졌지만, 베히모스의 생명력이 깎여 나가는 것을 보면 다시 힘이 났다.

10시간이 지나고 15시간이 지나자, 이안의 파티는 이제는 거의 무아지경 속에서 기계적으로 움직였다.

그렇게 전투가 시작한 뒤 얼마나 지났는지도 잊어버렸을 즈음…….

크아아오오!

쿵─.

거대한 산과 같았던 베히모스의 거구가 드디어 던전의 바닥에 무너져 내렸다.

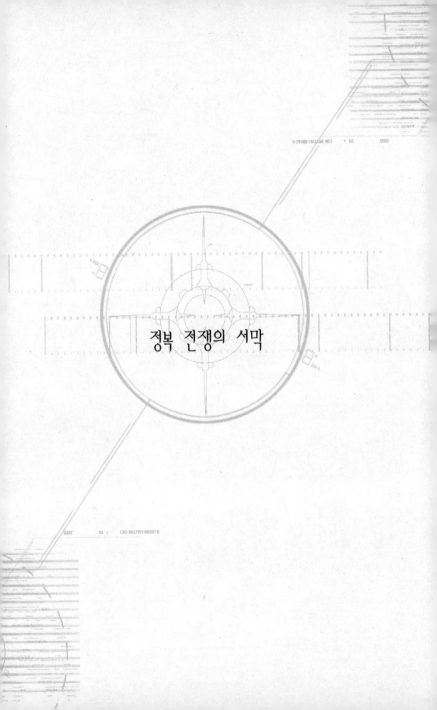

정복 전쟁의 서막

Taming
Master

우르릉-!

베히모스가 쓰러짐과 동시에, 마치 지진이라도 일어난 듯 던전 전체가 진동하기 시작했다.

그리고 생기를 잃어 가는 베히모스의 사체를 보며, 이안 일행은 멍한 표정을 하고 있었다.

기쁘지 않아서는 당연히 아니었다.

결국 이 지옥 같은 레이드를 성공한 것에 대한 격동에 가까운 기쁨이 내면에서 솟아나고 있었지만, 문제는 기뻐할 힘조차 없다는 것이었다.

훈이가 멍한 표정으로, 나직히 중얼거렸다.

"드디어…… 끝났어."

사실 일반적인 파티였다면 오래전에 포기하고도 남았을 그런 레이드였다.

길어야 1시간 정도 트라이하다가 빠졌어야 정상인 것이다.

1시간에 걸쳐 총공세를 퍼부었음에도 마수의 생명력이 5퍼센트가 채 빠지지 않았다면, 포기하거나 인원을 충원해 오는 게 당연한 수순인 것이다

하지만 이 파티의 리더는 역시 제정신이 아니었고, 결국 단한 번의 트라이로 이 미친 난이도의 레이드를 성공시켰다.

털썩-.

카노엘과 훈이가 동시에 자리에 주저앉았다.

긴장이 풀림과 동시에 온몸에 힘이 풀려 버렸고, 힘없는 다리로는 격렬하게 흔들리는 던전의 진동을 버틸 재간이 없었다.

"니들 왜 주저앉고 그래? 아이템이나 얼른 확인해 보라고."

이안은 지치지도 않았는지 성큼성큼 베히모스의 사체를 향해 다가갔다.

사실 이안이라고 지치지 않았겠는가.

그저 아이템을 향한 무한한 열망이 만들어 낸 정신력이라 할 수 있었다.

그런 그를 보며, 카노엘이 혀를 내둘렀다.

"저 형은, 사람이 아닌 게 분명해."

"그걸 이제 알았어, 노엘 형?"

"……."

두 사람이 어떤 대화를 나누든 어차피 관심 없는 이안은, 히죽 웃으며 베히모스의 사체를 향해 손을 뻗었다.

이안의 관심사는 오로지 베히모스가 드롭할 아이템에 있었다.

'그래도 한 번에 성공한 건 진짜 기적이었어. 두세 번 트라이할 각오는 하고 시작한 거였는데.'

첫 트라이에서는 공격 패턴과 공략을 파악한 뒤 두 번째나 세 번째 트라이에서 공략을 성공시킬 계획이었었는데, 얼떨결에 한 번에 클리어된 것이었다.

이안의 이런 계획을 미리 알았더라면, 카노엘과 훈이는 거품을 물고 쓰러졌으리라.

'놈이 조금만 더 똑똑했어도 한 번에 성공하지는 못했을 거야.'

이안의 손이 베히모스의 사체에 닿자, 전리품 획득을 알리는 시스템 메시지가 떠올랐다.

띠링-.

-'베히모스의 가죽×5' 아이템을 획득합니다.

-'잊힌 마수의 어금니' 아이템을 획득합니다.

-'흉마의 분노' 아이템을 획득합니다.

-'상급 마정석' 아이템을 획득합니다.

-'진동파 능력석' 아이템을 획득합니다.

밀려오는 졸음을 참으며, 반쯤 감긴 눈으로 획득한 아이템 목록을 확인하던 이안의 두 눈이, 순간 휘둥그레졌다.

'능력석? 능력석이라고?'

이안은 순간 정신이 번쩍 드는 것을 느꼈다.

그리고 빠르게 인벤토리를 열어 아이템 정보 창을 오픈 했다.

---

### '진동파' 능력석

**등급 : 전설**　　　　　　　　　**분류 : 잡화**

전설의 마수 베히모스의 고유 능력인 '진동파'의 능력이 담긴 능력석이다. 마수 연성 시 이 능력을 함께 연성한다면, 탄생할 마수에게 '진동파' 고유 능력이 높은 확률로 부여될 것이다.

*마수 연성은 '소환마' 클래스에 한해, 마계 107구역에 있는 세르비안의 연구소에서 의뢰할 수 있습니다.

*마수 연성에 실패할 시, 능력석 아이템은 사라지게 됩니다.

---

이안은 능력석의 아이템 정보 창을 통해, 또 하나의 새로운 정보를 알 수 있었다.

'마수연성술사가 아니라도 마수 연성이라는 콘텐츠를 쓸 수는 있는 거였구나. 하긴, 이렇게 좋은 콘텐츠를 만들어 놓고 극소수 유저들만 쓸 수 있게 하는 건 개발사 측에서 손해가 막심하지.'

이안은 마수 연성이 자신만의 콘텐츠가 아니었다는 것에 대해 약간의 아쉬움이 들었으나, 곧 아쉬워할 게 아니라는 것을 깨달았다.

장비를 제작하는 것은 대장장이만의 전유물이었으나, 일반 유저들도 제작을 맡길 수는 있지 않은가?

이 마수 연성이라는 콘텐츠도 그런 개념으로 이해하면 될 듯싶었다.

'가만, 그런데 이거…… 이제 다른 소환술사 유저들도 마수 연성을 할 수 있게 되면, 연성에 필요한 재료들의 수요가 어마어마하게 늘어나는 거잖아?'

이안은 가장 먼저 자신의 마력광산이 떠올랐다.

마력광산에서 생산되는 주요 광물 중 하나가 바로, 마수 연성의 확률을 높여 주는 마령석이었고, 낮은 확률이기는 하지만 능력석과 같은 고급 광물도 드롭된다.

이안 자신이 아니면 쓸 일이 없다고 생각했을 때보다, 이 광물들의 가치가 무한정으로 치솟는 것이다.

'그리고 일반 유저들이 마수연성을 의뢰할 수 있다고 하더라도, 마수 연성술사만의 메리트가 분명히 많을 거야. 마수 분해술 같은 스킬은 세르비안을 통해서도 못 하게 만들어 났다거나…….'

이안의 짐작은 거의 맞았다.

아직 '세르비안의 연구소' 퀘스트를 클리어한 이가 이안뿐이었기에 콘텐츠가 오픈되지는 않았지만, 추후에 오픈된다고 하더라도 마수 연성술사의 모든 스킬을 세르비안에게 의뢰할 수 있는 것은 아니다.

애초에 세르비안의 연구소 퀘스트는, 최초 클리어 유저에게 마수 연성술사라는 히든 직업을 부여해 주고, 이후 클리어한 유저들에게는 연구소를 사용할 수 있는 권한을 부여해 주는 퀘스트였던 것이다.

그리고 당연한 얘기겠지만, 일반 유저들이 세르비안의 연구소를 통해 마수 연성을 하려면, 세르비안에게 제법 큰 대가를 지불해야만 했다.

여기까지 생각이 미치자, 이안의 머릿속에 듬직하기 그지없는 드워프의 모습이 떠올랐다.

"흐흣, 한은 열심히 일하고 있겠지?"

이안의 입에서 뜬금없는 중얼거림이 튀어나오자 카노엘을 의아한 표정이 되었고, 훈이는 본능적으로 움찔했다.

'한'이라는 이름을 듣자마자 자동으로 노가다 왕 드워프가 떠,오른 탓이었다.

"형, 갑자기 그 이상한 드워프 이름은 왜 꺼내는데?"

"흐흐, 그럴 일이 있어."

이안이 혼자 망상에 빠져 있는 동안, 훈이와 카노엘 또한 베히모스를 사냥하고 얻은 전리품을 전부 회수했다.

세 사람 모두 각각 하나씩의 전설 등급 장비도 획득했고, 특히 훈이는 베히모스의 가죽을 총 13피스나 얻어서 입이 귀에 걸려 있었다.

이안과 카노엘이 자신의 몫을 전부 넘겨 줬기 때문이었다.

"히히, 고마워 형들. 이 정도 양이면 완드 최상옵 띄울 때까지 제작 계속 돌려볼 수 있겠어."

이안이 심드렁한 표정으로 대답했다.

"네 운으로 최상옵이 뜨겠냐? 가죽 한 30피스 더 있어도 힘들 것 같은데."

"……."

어쨌든 레이드를 무사히 마친 이안 일행은, 어둠 속으로 걸음을 옮기기 시작했다.

아직 회수해야 할 물건이 하나 더 남아 있었다.

'베히모스의 알! 그걸 빼놓을 수 없지.'

훈이의 몫까지 꿀꺽하기 위해, 이미 사전 작업은 충분히 해 놓은 상태였다.

이안이 베히모스의 사체에서 획득한 아이템 중 전설 등급의 제작 재료 아이템인 '잊힌 마수의 어금니'와 전설 등급의 판금투구인 '흉마의 분노' 아이템까지 훈이에게 바로 넘긴 것이다.

이안은 함지박만한 미소를 만면에 띠운 채, 서둘러 베히모스의 알을 찾아 어둠 속으로 뛰어 들어갔다.

그리고 어둠 속에서 희미하게 새어나오는 빛줄기 덕에, 베히모스의 알들을 찾아내는 것은 크게 어렵지 않았다.

"크으, 내 소중한 아가들!"

훈이가 옆에서 오바이트를 하는 시늉을 했지만, 이안은 마냥 좋을 뿐이었다.

그리고 아이템 획득 메시지가 떠오르는 순간.

띠링-.

-'베히모스의 알' 아이템을 획득하셨습니다.

이안은 안도의 한숨을 내쉴 수 있었다.

"역시! 베히모스의 알이 맞았어!"

정확한 아이템의 정보를 확인할 때까지 이안은 안심할 수 없었던 것이다.

그런데 그와 동시에 이안은 뭔가 이상한 점을 느낄 수 있었다.

"어, 그런데 이 녀석은 왜 푸른빛이 흘러나오지?"

이안은 손에 들려있는 베히모스의 알을 다시 뚫어져라 응시했다.

흑백이었던 카카의 시야를 통해서는 알 수 없었던 새로운 사실을 알아차린 것이다.

끼아아오오-!

구름 한 점 없는 새파란 중부 대륙의 하늘.

누런 모래알이 끝없이 깔려 있는 사막과 대비되어 더욱 파랗게 보이는 하늘에 새카만 그림자들이 솟아올랐다.

그들은 바로, 사막의 창공을 지배하는 포식자들인 '와이 번'들.

로터스 길드와 펠라로스 길드의 영지전을 중계하던 중계 진들은 흥분의 도가니에 빠질 수밖에 없었다.

-아, 이게 뭡니까? 와이번이에요! 지금 로터스 진영에서 와이번이 떠 오르고 있어요!

-그렇습니다! 아직 멀어서 정확히 보이지는 않지만, 저 실루엣은 와 이번이 분명합니다! 게다가 와이번들의 위에 판금갑옷으로 중무장한 기 사들이 하나씩 타고 있어요.

-아, 그렇습니다! 와이번 나이트예요! 로터스 길드에서 와이번 나이 트를 생산하고 있었어요!

-한두 기도 아닙니다! 하나, 둘, 셋, 한 눈에 보아도 이십 기는 넘어 보여요! 이거 엄청납니다!

주말이 끝난 월요일.

그러니까 바로 어제부터, 로터스 길드는 중부 대륙 거의 전역에 걸쳐 있는 영지에 차례로 영지전을 선포했다.

그리고 이것은 역대 카일란의 어떤 길드도 감히 행하지 못 했던 엄청난 행보였다.

카일란 초기부터 차원 전쟁이 일어나기 전까지, 단 한 번 도 랭킹 1위를 놓쳐 본 일이 없던 다크루나 길드조차도, 한 번에 세 개 이상의 길드에 영지전을 선포한 적은 없었던 것이다.

상황이 그렇다 보니, 일반 유저들은 로터스 길드의 행보에 열광했다.

–로터스 길드가 드디어 미친 게 분명하다고! 아무리 자신이 있어도 그렇지, 어떻게 한 번에 열두 개 길드에 동시 선전포고를 하는 거야?

–아니, 솔직히 이건 자신감을 넘어서 만용이지. 어중이떠중이 길드들에 선전포고를 한 것도 아니고, 상위 랭크부터 차례대로 열두 개 영지에 영지전을 걸었다니까? 혹시 길드마스터가 게임 접기 전에 제대로 테러한 건 아닐까?

–왜? 길드 한번 엿 돼 보라고?

–ㅇㅇ 그런 거지. 충분히 가능성 있지 않냐?

–쟤 의견도 허황되기는 마찬가지지만, 사실 로터스 길드가 한 미친 짓이나, 쟤 의견이나 둘 다 비현실적인 건 사실이라 뭐가 더 허황되다고 말하기도 애매하네.

–그러니까 말이야.

심지어는 로터스 길드 수뇌부에서 분열이 일어나서, 일부러 길드를 망하게 하려고 누군가 테러를 한 것일 것이라는 '음모론'까지 나돌기 시작했다.

그만큼 로터스 길드의 선전포고는 상식의 틀 자체를 부숴 버리는 것이었다.

그리고 첫 영지전이 발발한 화요일 정오.

바로 지금 이 순간, 이글이글 타오르는 뙤약볕 속에서도 유저들은 로터스 길드의 행보를 직관하기 위해 중부 대륙으로 모여들었다.

그리고 영지전이 시작되자마자 유저들은 열광할 수밖에 없었다.

수많은 전문가들과 유저들의 우려를 비웃기라도 하듯, 중부 대륙의 상공에 무려 와이번 나이트들이 등장한 것이다.

햇빛이 반사되어 번쩍이는 판금갑주에는 로터스 길드의 상징이자 대표 문양인 그리핀이 새겨져 있었다.

이안의 마스코트 소환수 중 하나인 '핀'이 멋들어지게 수놓아 있던 것이다.

게다가 당연한 얘기겠지만, 와이번 나이트들은 시작에 불과했다.

파이로 영지의 성문이 열리며, 어마어마한 로터스 길드의 병력들이 쏟아져 나오기 시작한 것이다.

기본 보병부터 시작해서 말을 탄 기사들, 거대한 스톤 골렘들과 공성병기까지.

거기에 원거리 광역기를 구사하는 마법병단까지 제대로 갖춰진 로터스 길드군의 위용은 어마어마했다.

그러다 보니, 로터스 길드의 병력이 펠라로스 영지에 가까워질수록, 그에 비례해 중계진의 흥분도도 높아져 갔다.

―역시 로터스 길드에는 믿는 구석이 있었던 거였어요!

―와이번 나이트라니! 누가 상상이나 했습니까? 무려 영지병영을 4티어까지 올려야 생산이 가능한 게 바로 와이번 나이트예요!

―그렇습니다! 제가 알기로 와이번 나이트가 공식 카페에 알려진 지도 아직 한 달이 채 되지 않았거든요? 그리고 이 와이번 나이트는, 한 기 육성하는 데 걸리는 시간이 두 달이에요. 그런데 지금 로터스 길드에서는 그 와이번 나이트를 무려 이십 기 넘게 보유하고 있어요!

―이게 의미하는 바가 뭘까요?

―로터스 길드에서는 못해도 서너 달 전부터, 오늘을 준비해 왔다는 이야기가 아닐까요?

―그렇습니다. 드디어 칼을 뽑아 든 거죠. 이안이 없어도 '우리가 이 정도다.'라는 걸 보여 주는 거예요!

그야말로 광란의 현장이었다.

영지전을 중계하던 페이지의 게시판은 전부 난리가 났으며, 원래 관심이 없던 유저들까지 영지전을 보기 위해 모여들었다.

그리고 그렇게, 반년을 넘게 준비해 온 로터스 영지의 정복 전쟁이 드디어 시작되었다.

이안은 과거 그리퍼에게 넘겨줬던 알 수 없는 마수의 알이 베히모스의 알이라고 지금까지 거의 확신하고 있었다.

하지만 베히모스의 알을 얻고 나자 또 한 번 혼란에 빠졌다.

'분명 그리퍼에게 넘겼던 알은 붉은빛의 알이었는데……'

'알 수 없는 마수의 알'이 붉은빛을 띠고 있었다는 건, 100퍼센트 확실한 사실이었다.

한데 지금 이안의 손에 들려 있는 이 베히모스의 알에서는 푸른빛이 은은히 새어나오고 있었다.

적어도 두 알이 같은 물건은 아니라는 이야기.

"대체 뭘까?"

이안의 중얼거림에, 옆에 있던 카노엘이 의아한 표정으로 물었다.

"왜요, 형? 무슨 문제 있어요?"

이안은 고개를 저으며 대답했다.

"아, 아니야. 혼자 생각할 게 좀 있어서."

이로써 베히모스의 알인 줄 알았던 '알 수 없는 마수의 알'의 정체는 다시 묘연해졌다.

그리고 남의 떡이 더 커 보이는 건 인간의 본능적인 심리.

어쩐지 그리퍼가 가져간 알은 베히모스보다 더 대단한 마수의 알일 것만 같다는 생각이 스멀스멀 피어올랐다.

'으으, 그 알 어떻게 다시 회수할 방법 없을까?'

이안은 그 알이 대체 어떤 마수의 알일지 무척이나 궁금했지만, 일단은 고민을 접기로 했다.

우선은 지금 퀘스트를 마무리하는 게 가장 시급한 문제였다.

'퀘스트 다 끝나면 오랜만에 차원의 마탑에 한번 들러 봐야지. 그리퍼를 잘 구슬리면 알을 다시 받아 낼 수 있을지도…….'

혼자 상상의 나래를 펼친 이안이, 주먹을 불끈 쥐고는 훈이와 카노엘을 향해 고개를 돌렸다.

"자, 훈이, 노엘이, 정비 다 했지? 움직여 볼까?"

"난 아까부터 다 끝나 있었다고. 형만 기다리고 있었어."

"오케이, 가자 그럼."

베히모스가 알을 품고 있던 그 뒤편에는 어느새 푸른 빛깔의 이동 게이트가 열려 있었다.

저 안으로 들어가면 분명 어둠의 보주를 얻을 수 있을 것이다.

이안은 마지막으로 소환수들의 상태를 한 번씩 점검했다. 새로운 적이 나타나지는 않을 것 같았지만, 그래도 만일을 대비해서 나쁠 것은 없었다.

철퍽철퍽-.

던전 바닥의 질퍽한 질감에 잠시 눈을 찌푸렸던 이안은, 망설임 없이 게이트의 안으로 들어갔다.

그리고 게이트는 세 사람을 전부 삼킨 뒤, 스르륵 소리를 내며 자취를 감추었다.

띠링-.

-'어둠의 보주'를 획득하셨습니다.

-수천 년 동안 탑에 잠들어 있던 사령의 군주가 깨어납니다.

-'사령의 권능'이 발동됩니다.

우우웅-!

이안 일행이 게이트를 통해 들어선 곳은, 탑의 꼭대기인 듯 보이는 신비한 공간이었다.

끝없는 높이로 우뚝 솟아 있는 해골 모양의 제단과 그 앞에 두둥실 떠 있는 묵빛의 보주.

세 사람이 모두 그 앞에 다가가 서자, 보랏빛의 기운이 제단을 타고 넘실거리기 시작했다.

그리고 그 기운의 일부를 빨아들인 보주가 천천히 이안 일행을 향해 다가오더니, 파티장인 훈이에게로 빨려 들어갔다.

그와 동시에 시스템 메시지가 떠올랐다.

띠링-.

-어둠의 보주에 깃든 사령의 권능은, 사흘 동안 지속됩니다. 그 안에 모든 재료를 모아 데이드몬의 신단에 가져가만 합니다.

-남은 시간 : 71:59:58

메시지를 확인한 이안은 벙 찐 표정이 되었다.

이 메시지 하나로 인해 이안이 세워 놨던 계획이 전부 틀어졌기 때문이었다.

"아오, 뭐 이렇게 치사한 퀘스트가 다 있어?"

사흘이라는 시간제한은 정말 생각지도 못했던 부분이었다.

만약 이러한 사실을 미리 알고 있었더라면 사령의 탑에는 가장 마지막에 왔을 것이었다.

'최소한 발록의 심장은 얻은 뒤에 왔었겠지.'

하지만 이미 벌어진 일.

뒤늦게 상황을 파악한 훈이도 툴툴거리며 입을 열었다.

"사흘이라…… 좀 많이 빠듯하긴 하네. 어떡할 거야, 형? 그래도 우리 10시간 정도는 자고 다시 접속해야 하지 않겠어?"

퀘스트에 생각지 못했던 시간 제한이 생기기는 했지만, 베히모스 사냥으로 온몸에 힘이 하나도 남지 않은 상태였다.

아무리 급하다고 하더라도 지금 퀘스트를 진행하는 것은 사실상 무리였다.

비상식의 아이콘인 이안조차도 지금은 좀 쉬어야 한다는 것을 느꼈다.

하지만 그렇다고 상식적인 계획을 세운 것은 당연히 아니었다.

"어쩔 수 없지. 딱 8시간만 자고 오자. 그리고 남은 63시간 스트레이트로 달리면 되지."

"……."

훈이가 한숨을 푹 쉬었고, 카노엘은 이제 완전히 체념한 듯한 표정이었다.

잠수라도 타고 싶었지만, 그랬다가는 이안으로부터 500통 정도 전화가 올지도 몰랐다.

"그럼 일단 로그아웃?"

훈이의 말에 고개를 끄덕이려던 이안은, 뭔가 이상한 점을 깨달았다.

"야, 근데 아까 떴던 메시지 중에 사령의 군주 어쩌고 하는 것도 있지 않았나?"

"아, 내가 알 게 뭐야. 지금 졸려 죽겠다고. 1분이라도 더 자고 싶어."

훈이는 귀찮다는 듯 곧바로 로그아웃을 시도했다.

하지만 그 순간, 훈이의 눈앞에 생각지도 못 했던 시스템 메시지가 떠올랐다.

−로그아웃이 불가능한 이벤트가 진행 중입니다.

"음, 뭐라고?"

그리고 훈이의 반문을 듣기라도 했다는 듯, 시스템 메시지가 이어서 한 번 더 떠올랐다.

−봉인에서 풀려난 '사령의 군주'가 깨어납니다.

스아아아아−!

온몸에 소름이 돋을 정도로 스산한 소리가 던전 안에 울려 퍼졌다.

몰려오던 잠이 확 달아날 만큼 기괴하기 그지없는 파동음
이었다.

그리고 세 사람의 눈앞에, 전혀 생각지도 못했던 퀘스트
창이 떠올랐다.

띠링-.

—돌발 퀘스트가 생성됩니다.

**사령의 탑 탈출(히든, 돌발 퀘스트)(타임 어택)**
당신은 마신 데이드몬의 신탁을 받아 베히모스를 물리치고 어둠의 보주
를 얻는 데 성공했다.
하지만 이 어둠의 보주는 본래 '사령의 군주' 샬리언을 봉인하던 물건이
었고, 그 때문에 리치 킹 샬리언의 봉인이 해제되어 버렸다.
샬리언의 영혼에 걸려 있던 봉인이 전부 다 풀리는 순간, 그는 미쳐 날
뛰며 모든 것을 파괴할 것이다.
그의 손아귀에서 빠져나가 무사히 사령의 탑을 탈출하자.
**퀘스트 난이도 : SSS**
**퀘스트 조건 : 어둠의 보주 획득**
**제한 시간 : 15분**
**보상 : 마기 능력치 1000, 마기 발동률 0.1퍼센트**

퀘스트 내용을 빠르게 읽은 세 사람은 모두 어처구니없다
는 표정이 되었다.

"뭐 이딴 퀘스트가 다 있어?"

"트리플 S등급 퀘스트 보상이 뭐 이따위야?"

하지만 그들의 불만과는 별개로, 퀘스트는 그들을 기다려

주지 않았다.

ㅡ사령의 군주가 폭주하기 시작합니다.

쿠쿠쿵ㅡ.

던전이 무너질 듯, 어마어마한 굉음이 사방에서 진동하기 시작했다.

이안은 고개를 돌려 진동의 근원지를 바라보았다.

그리고 그곳에는, 시커먼 연기로 둘러싸여 있는 기괴한 그림자가 있었다.

ㅡ사령의 군주 샬리언 : Lv. 500

이 괴물의 레벨은 무려, 차원의 전쟁에서 소환되었던 천신의 군단장과 동급인 500레벨.

이 정도 레벨의 보스 몬스터라면, 공격 스킬에 스치기만 해도 아마 가루가 되어 버릴 게 분명했다.

"제기라알!"

이안은 다급히 들어왔던 게이트를 향해 시선을 돌렸다.

하지만 세 사람을 이곳으로 데려다 주었던 게이트는 이미 그 자리에 없었다.

'뭐, 뭐야? 어쩌라는 거지?'

그런데 그때, 카노엘이 이안을 불렀다.

"형, 저기!"

카노엘이 가리킨 곳에는 새로운 게이트가 열려 있었고, 이안 일행은 미친 듯이 달리기 시작했다.

퀘스트의 성패는 둘째 치고 여기서 사망한다면 사흘이라는 제한 시간 중 24시간을 통째로 날려 버리는 것이다.

그렇기에 그들은 필사적으로 달리고 또 달렸다.

차원 전쟁 이후, 이안의 이름값은 모든 유저들 중에서도 최고를 다툴 정도가 되었다.

카일란 한국 서버의 최강자로 알려져 있던 이라한이 이안에게 공식적으로 패배했으며, 양 진영 통틀어서 최고의 전공 포인트를 모은 이 또한 이안이었으니, 어쩌면 그것은 당연한 얘기일지도 몰랐다.

물론 이라한이 그 뒤에도 이안에게 영혼까지 털렸다는 사실은 이안 외에는 아는 이가 없었지만, 그러한 사실들이 알려져 있지 않더라도 이안이 현 카일란의 최강자에 가깝다는 건 누구나 인정하게 된 것이다.

그리고 그런 이안이 길드원으로 속해 있다는 사실만으로도 로터스 길드는 충분히 유명한 길드였다.

하지만 요 며칠 동안, 그 로터스길드의 이름값은 기존의 배 이상 단숨에 치솟았다.

중부 대륙에 있는 총 열두 개의 영지에 영지전을 걸었으며, 그곳들은 루스펠 제국 소속 길드 기준으로 최고 랭킹에 랭크되어 있는 길드들의 영지였으니까.

그리고 이미 로터스 길드는 파죽지세로 연승 행진을 이어가고 있었다.

지금까지 닷새 연속, 총 다섯 번의 영지전을 벌여 모두 승리했다.

사실상 거의 모든 유저들의 이목이 지금 로터스 길드의 행보에 향해 있다고 봐도 과언이 아니었다.

물론 사령의 탑에서 퀭한 눈으로 퀘스트를 진행 중인 이안 일행은 제외해야겠지만 말이다.


중부 대륙 서부 지역에서 가장 거대한 영지인 폴핀 영지.

타이탄 길드의 깃발이 크게 휘날리는 이 영지의 영주성에서는, 두 남녀가 심각한 대화를 나누고 있었다.

그리고 두 사람의 정체는 샤크란을 제외한 타이탄 길드 최고의 권력자.

'광휘의 기사'로 유명한, 부길드 마스터 '세일론'과, 대외적으로는 전혀 정체가 알려지지 않은 타이탄 길드의 책사인 '에밀리'였다.

에밀리는 원래 세일론의 측근 중 한 명일 뿐이었지만, 그 능력을 샤크란에게 인정받아, 이제는 타이탄 길드의 비공식 책사로 활약하고 있었다.

두 사람은 작은 원탁을 앞에 두고, 마주본 채 이야기를 나누고 있었다.

그리고 원탁에는 영지전의 영상이 흘러나오고 있는 수정 구가 올라와 있었다.

세일론이 천천히 입을 열었다.

"에밀리, 여기까지도 예상했던 범주가 맞아?"

세일론의 물음에 에밀리가 굳은 표정으로 대답했다.

"조금 애매해."

"뭐가?"

"파이로 영지의 규모를 봤을 때, 와이번 나이트 정도는 충분히 생산을 시작했을 거라고 짐작하고 있었어."

"그런데?"

"그런데 문제는, 지금 전쟁에 투입된 와이번 드래곤들의 물량만 놓고 봐도, 우리가 보유 중인 병력과 큰 차이가 나지 않는단 말이야. 벌써 이 정도까지 생산했다고는 나도 생각하지 못했거든."

말을 마친 에밀리의 입에서 얕게 한숨이 흘러나왔다.

"이거 우리도 얼른 움직여야 할 것 같은데?"

"움직이다니?"

"지금 로터스의 목표가 뭐겠어?"

잠시 생각하던 세일론이 곧 대답했다.

"그야 당연히 로터스 소속의 상위권 길드들을 전부 흡수해서 덩치를 불리는 거겠지?"

에밀리가 고개를 저으며 다시 말했다.

"아니, 그 다음."

"그 다음이라면…… 설마 서부를 공격하려는 걸까?"

같은 중부 대륙이라도 서부에 있는 영지들에 영지전을 건다는 것은, 의미 자체가 달랐다.

서부 대륙은 루스펠 제국 소속의 길드들이 아닌 카이몬 제국 소속의 길드 영지들이 위치한 곳이기 때문이다.

에밀리가 또다시 고개를 저었다.

"아니, 그건 아닐 거야. 물론 언젠가는 그럴 계획도 가지고 있겠지만, 내가 로터스 길드 같으면 그전에 하나를 더 하겠어."

"하나를 더 한다고?"

"응."

잠시 뜸을 들인 에밀리가, 천천히 말을 이었다.

"아마 왕국을 선포하겠지. 로터스 길드의 규모를 봐선, 아마 오래 전에 왕국 조건 같은 건 다 충족시켜 놨을 테니 말이야."

"……!"

여기까지 듣고 나자, 세일론 또한 로터스가 그리는 큰 그림이 뭔지, 머릿속에 그려지기 시작했다.

"그 다음은 루스펠 제국을 집어삼키고, 아예 제국을 선포해 버리겠군."

에밀리가 심각한 표정으로 고개를 끄덕였다.

"아마 그럴 것 같아. 그리고 그 다음은 아마 카이몬 제국을 상대로 한 제국 전쟁이겠지?"

이미 로터스가 그만큼 성장하고 나면, 일개 길드인 타이탄으로서는 견제할 방법 자체가 사라질 게 분명했다.

하지만 그렇다고 로터스 길드를 미리 공격하거나 할 방법도 없었다.

지금은 공식적으로, 카이몬과 루스펠 제국 간에 평화 협정이 맺어져 있는 상태였으니까.

휴전 상태인 지금 타이탄 길드가 로터스 길드를 공격할 방법은 없는 것이다.

세일론이 굳은 표정으로 중얼거렸다.

"하…… 이런 때에 마스터께선 어디에 계신 거야?"

"그러게. 이제 돌아오실 때도 되었는데."

그런데 그때, 그들의 뒤편에 있던 회의실의 문이 끼이익 소리를 내며 열렸다.

"아무래도 내가 시간을 잘 맞춰서 돌아온 것 같군."

쾅ㅡ!

굉음이 울려 퍼지며, 마계 15구역의 시작 지점에 커다란 게이트가 오픈되었다.

가로 3미터 세로 5미터 정도는 되어 보이는 붉은빛의 커다란 게이트의 중심에서, 커다란 공명음이 울려 퍼지더니 붉은 회오리가 몰아쳤다.

그리고 잠시 후, 붉은 회오리로 가득했던 게이트가 열리며 그 안에서 일단의 무리들이 튀어나왔다.

퉁- 퉁-.

게이트에서 나타난 이들의 몰골은 엉망 그 자체였다.

기사들의 판금갑주는 여기저기가 검게 그을려 있는 것은 기본이고 군데군데 찌그러져 있기까지 했다. 또한 마법사나 사제들의 로브는, 거의 누더기에 가까울 정도로 엉망이었다.

가장 먼저 게이트에서 나타난 회갈빛 갑주를 두른 전사 클래스의 유저.

마틴이 갑주에 묻은 먼지들을 털어 내며 중얼거렸다.

"후우, 겨우 잡았네. 그동안 한 번도 관문지기가 등장 안 하기에 30구역 이하 최상위구역 관문에는 원래 관문지기가 없는 건 줄 알았는데 말이야."

일반적으로 마계 관문의 관문지기는 누군가 한 번 클리어 하고 나면 짧게는 1~2주, 길게는 한 달 동안 리젠이 되지 않는다.

그렇기에 관문지기가 없더라도 누군가 이미 잡아서 없다고 생각할 수도 있었지만, 30구역 이하의 지역을 누군가 클리어했다고 생각하긴 힘들었던 것.

심지어 최초 발견 보상까지 꾸준히 나타났으니 의심할 여지가 없었던 것이다.

이안 일행이 이미 17구역까지 뚫었는데 어떻게 최초 발견 보상이 나타났느냐 하면, 그 이유는 간단했다.

이안과 마틴 일행의 종족이 달랐고, 최초 발견 보상과 같은 콘텐츠 선점 보상들은 종족별로 따로 적용되도록 설계된 것이었다.

이것 또한 마족이라는 새 종족을 만들면서 유저들의 종족 이전을 유도하기 위한 개발사의 의도된 기획이었다.

어쨌든 마틴을 시작으로 다른 유저들도 차례대로 게이트에서 나오기 시작했고, 뒤늦게 빠져나온 체이스가 마틴의 말에 맞장구치며 대답했다.

"그러게 말입니다, 마스터. 관문지기가 뜬금없이 연달아 나타난 건 그렇다 치더라도 400레벨이나 되는 노블레스가 나타날 줄은 몰랐습니다. 게다가 하나도 아니고 둘이라니."

그에 이라한이 빈정대듯 말했다.

"내가 아니었으면 아예 통과조차 못 했을 놈들이 말만 많군."

마틴이 발끈했다.

"그건 그쪽도 마찬가지일 텐데?"

하지만 이라한은 콧방귀만 뀔 뿐이었다.

"무슨 소리. 우리 다크루나 길드만으로도 이 정도 관문지기는 충분히 클리어했을 거다. 착각하지 말았으면 좋겠군."

별로 동의하고 싶지는 않은 마틴이었지만, 쓸데없는 것으로 심력 소모를 하고 싶지는 않았기 때문에 입을 다물었다.

관문지기와의 오랜 전투 때문인지 피로도가 극에 달했고, 이라한과 말싸움을 하는 데 필요한 칼로리조차 아까운 상태였기 때문이다.

마틴은 이라한을 무시한 채, 관문에서 빠져나온 인원들을 체크하기 시작했다.

"흐음, 생각보다 피해가 크군."

사실 마계 17구역까지 도달하는 동안은 큰 어려움이 없었다.

호왕 길드와 다크루나 길드 모두 전력 손실이 거의 없었던 것이다.

이것은 어쩌면 당연한 것이었다.

그들이 현재 마족 유저들 중 최고의 정예들로 구성되어 있는 데다가, 매 관문을 넘을 때마다 존재해야 하는 관문지기가 코빼기도 보이지 않았기 때문이었다.

덕분에 마계 30구역의 혼돈의 도시에서 17구역까지는 일주일도 채 걸리지 않아서 도착할 수 있었던 것

하지만 16구역으로 들어서는 관문부터 갑자기 관문지기가 등장했다.

그나마 16구역을 지키는 관문지기는 350레벨 정도 되는 노블레스 세 명 정도였기에 싸워 볼 만했었는데, 15구역의 관문지기는 정말 지옥 같은 난이도였다.

　무려 415레벨의 노블레스 마법사 하나와 390레벨의 노블레스 전사 하나가 지키고 있었던 것이다.

　덕분에 지금까지 한 번도 잃은 적 없던 파티원을 거의 절반 가깝게 잃고 말았다.

　그나마 다행인 것은 주력이 되는 랭커들을 전부 살려서 왔다는 정도였다.

　-마계 15구역에 최초로 입장하셨습니다.

　-명성을 10만 만큼 획득합니다.

　-앞으로 일주일간, 마계 15구역에서 획득하는 모든 마계 관련 스텟들이 한 배 반만큼 증가합니다.

　-앞으로 일주일 간, 경험치 획득량이 두 배로 증가하며, 아이템 드롭율도 두 배로 상향 조정됩니다.

　떠오르는 메시지를 본 이라한은 속으로 침음성을 흘렸다.

　'흐음, 17구역까지는 대체 왜 관문지기들이 등장하지 않았던 걸까? 누군가 클리어한 것이 아니라면 말이 안 되는데……'

　이라한은 종족이 다를 경우 최초 발견 보상이 따로 적용된다는 사실을 당연히 알고 있었다.

　그렇기에 인간 유저가 먼저 17구역까지 발견한 것일 가능성에 대해서도 생각해 보았다.

하지만 아무리 생각해도 그것은 말이 되지를 않았다.

인간계와 마계를 연결하는 모든 차원 문이 닫힌 지금, 인간 유저가 마계에 남아 있다는 것은 말이 되지를 않았으니까.

만약 인간 유저가 17구역을 뚫으려면 차원 전쟁이 발발하기 전이어야만 하는데, 그것은 더욱 말이 되지 않는 것이었다.

그 당시 랭커들의 평균 레벨은 지금보다 30이상 낮았을 테니까.

이라한이 이런저런 생각을 하는 동안 다크루나 길드의 수뇌이자 이라한의 심복과도 같은 인물인 '솔린'이 그를 향해 다가왔다.

"이라한 님, 인원 파악 마쳤습니다. 레온을 비롯해서 총 다섯 정도가 사망했고, 나머지 일곱 명은 무사합니다."

이라한이 고개를 끄덕였다.

"수고했다, 솔린. 이제 정비하도록 해."

"예, 마스터."

마찬가지로 인원 파악을 끝낸 마틴이 이라한을 향해 다가왔다.

"이제 어떻게 할 건가, 이라한? 지금 곧바로 던전을 찾으러 움직였다간 전멸을 면치 못할 것 같은데 말이야."

마틴의 말에, 이라한은 천천히 고개를 끄덕이며 동의했다.

"오랜만에 맞는 말을 하는군. 이렇게 집중력이 저하된 상태에서는 아무것도 할 수 없지."

이라한이 시선을 슥 돌려 파티원들을 한차례 훑어보더니 말을 이었다.

"하루 정도는 쉬었다가 '잊힌 영혼의 무덤'을 찾아 나서는 게 좋겠어. 잠도 푹 자고, 개인 정비도 전부 한 다음에 정확히 내일 이 시간에 이곳에 모이는 게 어떤가?"

이라한의 말에, 마틴이 고개를 끄덕였다.

"좋아, 그렇게 하도록 하지."

"어? 설마 이안 형이 아직 안 온 건가?"

마계 17구역.

사령의 탑 뒤편에 있는 작은 공터.

공터 입구에 들어선 훈이가 두리번거리며 이안과 카노엘을 찾았다.

"어후, 졸려 죽겠는데 한 30분 정도 더 자고 올 걸 그랬나? 하지만 이안형이 약속을 어기는 걸 본 적이 없는데×…."

그리고 훈이의 중얼거림이 끝나기가 무섭게, 공터 구석에 있는 바위에 걸터앉아 있던 이안이 모습을 드러냈다.

"난 이미 와 있지. 노엘이는 연락해 봤어?"

"……역시 안 와 있을 리가 없지. 노엘이 형 지금 접속 중

일 거야. 아까 밥 먹고 접속한다고 나한테 메시지 왔어."

사령의 탑에서 발동했던 생각지도 못한 돌발 임무.

이안 일행은 거의 한계까지 다다른 정신력으로 임무를 무사히 클리어해 내었다.

세 사람의 소환수와 언데드들이 제법 희생되기는 했지만, 그래도 사망해서 24시간을 날리는 참사는 일어나지 않은 것이다.

그리고 정확히 8시간이 지난 지금, 이안과 훈이가 약속 장소에 모습을 드러내었다.

"노엘이 도착하면 바로 출발하자고. 1분1초가 아까우니까 말야."

이안이 의욕적으로 정령왕의 심판을 붕붕 휘둘렀고, 훈이는 바닥에 털썩 누워 버렸다.

"나 노엘이 형 올 때까지 10분만 졸고 있을 테니까 형 오면 좀 깨워⋯⋯."

하지만 훈이가 눕기를 기다리기라도 했다는 듯 멀리서 카노엘의 목소리가 들려왔다.

"헉, 헉, 나 늦은 거 아니지?"

그리고 훈이는 울상이 되어 버렸다.

"조금 늦지 그랬어, 형."

"17구역 관문지기 스펙이 어느 정도였지?"

이안의 물음에 훈이가 짧게 대답했다.

"340레벨 노블레스 둘. 320레벨 최상급 마수 셋."

이안이 씨익 웃으며 훈이의 머리를 어루만져 주었다.

"역시 우리 훈이가 기억력 하나는 쓸 만하단 말이야."

"아니, 형이 나보다 더 기억력 좋잖아. 이런 건 좀 직접 기억하라고."

훈이의 말은 빈말이 아니었다.

훈이와 카노엘이 느끼기에, 이안의 기억력은 정말 상상을 초월하는 수준이었던 것이다.

그도 그럴 것이, 파티원의 모든 액티브 스킬의 쿨타임을 기억하며 하나하나 오더를 내리는 모습은, 봐도 봐도 적응이 되지 않을 정도로 기가 막혔다.

사실 이안과 훈이, 그리고 카노엘이 전사나 기사 같은 클래스였다면 그렇게까지 놀라운 모습은 아니었을 것이다.

최상위 랭커들 중에서는 세 명 정도의 소규모 파티를 일일이 제어할 수 있는 능력 정도를 가진 이는 제법 있었으니까.

하지만 이 세 사람은 무려 소환술사 둘에 흑마법사였다.

이안이 일일이 오더를 내리는 대상에는, 파티원들이 소환해 낸 소환수들의 고유 능력까지 전부 포함되는 것이다.

어지간한 소환술사 유저들이 자신이 운용하는 소환수 두엇의 고유 능력도 제대로 활용해 내지 못하는 것을 감안하면, 이건 거의 사기에 가까운 수준이라고 봐도 무방했다.

때문에 훈이가 툴툴거린 것이었고, 이안은 피식 웃으며 대꾸했다.

"시끄러, 인마. 형이 시키면 시키는 대로 좀 할 것이지."

"큥."

어쨌든 훈이의 말을 들은 이안은 16구역의 관문지기가 어느 정도 스펙을 가지고 있을지 대충 머릿속으로 계산을 해 보았다.

'구역을 내려갈수록 관문지기의 레벨이 급격히 오르는 것 같으니, 어쩌면 400레벨 가까운 노블레스가 등장할지도 모르겠어.'

그리고 그에 맞게 철저히 대비를 한 이안 파티는, 긴장한 채 16구역으로 향하는 관문을 향해 발을 내디뎠다.

그런데 다음 순간, 세 사람은 동시에 의아한 표정이 될 수밖에 없었다.

떠오른 시스템 메시지가 생각지도 못했던 것이기 때문이었다.

—마계 16구역으로 향하는 관문에 도착하셨습니다.

—잠시 후, 마계 16구역으로 이동합니다.

"으응? 어째서?"

훈이와 카노엘은 좋은 게 좋은 거라며 히히덕거렸지만, 이안은 고민에 빠졌다.

'뭐지? 마족 중에 누군가 먼저 16구역을 밟은 건가?'

이안 일행은 빠르게 16구역을 지났고, 곧 15구역으로 향하는 관문에 도달할 수 있었다.

그런데 또다시 관문지기는 존재하지 않았고, 이안 일행은 15구역으로 향하는 관문을 프리패스로 통과할 수 있었다.

처음 사령의 탑 앞에서 모일 때만 해도 울상이었던 훈이가 히히덕거리며 떠들었다.

"크으, 이 훈이 님께서 15구역에 오신다는 소릴 듣고, 관문지기들이 무서워서 다 도망가 버렸구나! 으하핫!"

이안이 한숨을 쉬며 훈이에게 핀잔을 주었다.

"시끄러, 이 멍청아. 관문지기들이 도망가기는 어딜 도망가? 누군가 여길 먼저 통과했다는 소리지."

그때, 카노엘이 뭔가를 발견한 듯 이안과 훈이를 불렀다.

"잠깐, 이쪽에 뭔가 있는데?"

"응?"

이안과 훈이는 카노엘을 따라 움직였고, 관문의 바로 앞쪽에 떨어져 있는 잡템들을 발견할 수 있었다.

"뭐야, 이거? 그냥 유리병이잖아."

"여기에는 내구도가 다 떨어져서 파괴된 판금갑옷도 있어."

이안의 눈매가 살짝 가늘어졌다.

'역시, 내 짐작대로 누군가 먼저 여기에 도착한 거야. 아마 마족 유저들이겠지.'

이안은 허리를 굽혀 다 마시고 버린 빈 포션 병을 집어 들었다.

병의 입구에는 아직도 촉촉한 수분이 남아 있었고, 그렇다는 얘기는 유저들이 여길 떠난 지 얼마 되지 않았다는 소리였다.

이안의 머리가 빠르게 회전하기 시작했다.

'어떤 놈들인지는 알 수 없지만, 15구역 관문지기 뚫고 나서 방금 전에 로그아웃한 게 분명해.'

물론 15구역 안쪽을 향해 움직였을 확률도 없지는 않았지만, 그것은 희박한 확률이라고 생각했다.

"누군지 모르겠지만 덕분에 시간을 많이 아꼈는데?"

이안의 입꼬리가 씨익 올라갔다.

아무리 이안 일행이라 하더라도, 15구역과 16구역의 관문지기를 처치하려면 제법 시간이 필요했을 터.

퀘스트 완료까지 이제 이틀 하고 12시간 정도밖에 남지 않은 이 상황에서, 관문지기를 상대할 시간을 아꼈다는 것은 그야말로 호재라 할 수 있었다.

게다가 추가로 사악한 생각까지 하나 떠올랐다.

잊힌 영혼의 무덤

Taming
Master

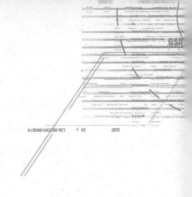

　'최강의 마수'라는 말.

　이 말을 들었을 때, 일반 유저들이 가장 먼저 떠올리는 마수의 이름은 바로 발록이었다.

　물론 차원 전쟁에서 어마어마한 위용을 보였던 마수인 마룡 칼리파가 있기는 했지만, 칼리파의 경우에는 네임드 보스 같은 느낌이었기 때문에 일반 마수들과는 다르게 느껴지는 것이다.

　게다가 마계 콘텐츠가 오픈되는 트레일러 영상에서 가장 압도적인 포스를 보였던 마수가 바로 발록이었으니, 아직 마계에 가 보지 못한 유저들이라고 하더라도 발록에 대해서는 대부분 알고 있었다.

발록은 그 생김새부터가 압도적이었다.

온몸에는 어마어마한 크기의 불길을 항상 휘감고 다녔으며, 머리에는 거대한 두 개의 뿔이 위협적으로 휘어져 있었다.

그리고 산양의 뿔처럼 안쪽으로 굽어져 있는 그 뿔 사이에는, 마치 흉신凶神을 연상케 할 정도로 흉악스런 얼굴이 자리하고 있었다.

게다가 몸집은 또 어떠한가.

마치 연기와 불길로 만들어진 듯 형체가 없는 발록의 몸은, 제멋대로 그 형태가 움직이며 기괴한 형상을 만들어 낸다.

거기에 어지간한 성인 남성의 몸집보다도 더 큰 집채만 한 양손에서는 쉴 새 없이 마기가 뿜어져 나왔고, 길고 날카로운 손톱은 전사들이 들고 다니는 대검보다도 더 거대하고 흉포한 생김새를 가지고 있었다.

아마 비주얼 면에서 이만큼 압도하는 마수는 없을 것이었다.

이안은 긴장했다.

물론 차원 전쟁에서 충분히 상대해 봤던 녀석이었지만, 절대로 쉽게 생각할 수 있는 상대는 아닌 것이다.

훈이가 이안을 향해 물었다.

"형, 형은 신의 버프 없이도 발록이랑 싸워 봤지?"

그 말에 이안이 고개를 끄덕였다.

"응, 그랬었지."

"혼자였나?"

"아니, 혼자였으면 버프 없이 발록을 어떻게 잡았겠어? 둘이서 협공했어."

"누구랑? 어쭙잖은 유저 하나 추가된다고 해서 달라질 건 없잖아."

"샤크란."

이안의 답변에 훈이와 카노엘은 절로 고개를 끄덕였다.

샤크란이라면, 충분히 이안에 버금갈 정도의 전투력을 보여 줬을 것이다.

클래스가 다르다 보니 컨트롤을 비롯한 전투 실력 자체를 이안과 비교할 수는 없었지만, 대인전에서 만큼은 어쩌면 이안보다도 강할지 모르는 유저가 바로 샤크란이었다.

훈이와 카노엘이 살짝 걱정에 빠져 있자, 이안이 피식 웃으며 다시 입을 열었다.

"뭐냐, 훈이. 왜 답지 않게 쫄고 그래."

"쪼, 쫄다니! 누가 쫄았다고 그래?"

"누구긴 누구겠어. 너지."

"……! 발록 따위, 이 훈이가 전부 잡아 주도록 하겠어!"

이안이 고개를 절레절레 저으며 다시 걸음을 옮기기 시작했다.

"그렇게 후들거리면서 크게 소리쳐 봤자, 별로 믿음이 안 간다고."

"우이 씨……."

지금 이안 일행은, 마계 15구역을 낱낱이 뒤지는 중이었다.

그리고 운이 좋았는지, 한 시간 정도 만에 특별한 분위기가 느껴지는 던전의 입구를 발견했다.

곳곳에 마기의 기운이 용솟음치는 마소魔沼가 부글부글 끓고 있으며, 사령의 탑을 연상케 하는 사이한 연기들이 여기저기서 피어오르는 죽음의 길.

이곳은 잊힌 영혼의 무덤으로 향하는 길이 분명했다.

훈이가 자꾸 깜짝 깜짝 놀라자, 이안이 그를 진정시켰다.

"그만 쫄아, 인마. 발록이 강력하기는 하지만, 우리는 베히모스도 잡았잖아. 게다가 베히모스는, 내가 차원 전쟁에서 상대했던 발록보다 레벨도 무려 50~70이 높았다고."

"그, 그렇지?"

이안의 말이 이어졌다.

"그리고 차원 전쟁에서는 힘겹게 발록을 상대했었지만, 이제는 아닐 거야. 그때보다 내가 적어도 한 배 반 이상은 강해졌으니까."

사실 한 배 반이라는 말도 겸손이라 할 수 있었다.

카이자르와 카르세우스, 그리고 뿍뿍이까지.

무려 셋이나 되는 신화 등급의 파티가 생긴 데다가, 전체적인 파티의 레벨도 20~30가량 증가했으니, 두 배 이상 강해진 전력이라 봐도 무방한 것이었다.

이안은 지금, 혼자서도 발록 한두 마리 정도는 상대할 수 있다고 생각하고 있었다.

'발록의 레벨이 차원 전쟁때 등장했던 녀석들과 비슷하다면 말이지.'

하지만 만약, 베히모스처럼 400레벨이 넘는 발록들이 등장한다면 골치가 좀 아프긴 할 것 같았다.

"와, 근데 여기는 무슨 던전 입구가 이렇게 길어? 게다가 마수도 하나도 없네."

"그러니까 말이야. 분위기 진짜 으스스하다."

사령의 탑이 질척거리고 기분 나쁜 침침한 열대우림 같은 느낌이었다면, 이 '죽음의 길'은 서늘하고 건조한 가운데 한 번씩 소름이 돋게 만드는 그런 분위기였다.

이안 일행은 죽음의 길을 따라 20여 분 정도를 더 걸어갔다.

그리고 곧, 던전으로 이동시켜 주는 이동 게이트를 발견할 수 있었다.

"자, 마지막으로 점검 한 번씩 하고……."

"오케이!"

"알겠어, 형."

숙련된 솜씨로 빠르게 파티의 상태를 점검한 이안은, 심호흡을 한번 한 뒤 게이트를 향해 발을 내디뎠다.

"가자, 발록 잡으러!"

띠링-.

-'잊힌 영혼의 무덤' 던전에 최초로 입장하셨습니다.

-명성을 15만 만큼 획득합니다.

-앞으로 일주일간, '잊힌 영혼의 무덤'에서 획득하는 모든 마계 관련 스탯들이 한 배 반만큼 증가합니다.

-앞으로 일주일간, 경험치 획득량이 두 배로 증가하며, 아이템 드롭률도 두 배로 상향 조정됩니다.

하도 자주 보다 보니, 이제는 익숙해진 최초 발견 보상 메시지.

이안은 빠르게 시스템 메시지들을 훑어본 뒤, 발록을 어떻게 상대할 것인지 머릿속으로 그려 보기 시작했다.

'일단 최소한의 정예로만 구성해야 해.'

사실 발록의 물리 전투력은 약하다.

아니, 약하다고 할 수준은 아니었지만, 베히모스와 비교한다면 확실히 약했다.

그렇다면 베히모스보다 상대하기 쉬운 개체일까?

하지만 안타깝게도 그것은 아니었다.

오히려 이안 일행에게는, 베히모스보다 발록이 두 배 이상 상대하기 까다로운 적일 것이었다.

그 이유는 바로, 이안 파티의 핵심 전력이 소환수들이기 때문이었다.

"훈이, 이번에는 진짜 극도로 집중해야 해. 언데드들 전부다 소환하지 말고, 네가 직접 하나씩 컨트롤할 수 있는 개체들만 뽑아."

"왜? 발록의 고유 능력 때문에 그러는 거야?"

이안이 고개를 끄덕이며 대답했다.

"맞아. 너도 알잖아, 영혼 잠식."

차원 대전 당시 발록이 까다로웠던 가장 큰 이유는, 힘이 약해진 유저들의 영혼을 잠식하여 마족의 편에서 싸우게 만들었기 때문이었다.

그것이 바로 발록의 고유 능력인 '영혼 잠식'이었는데, 정확한 영혼 잠식 능력의 스펙은 이러했다.

---

**영혼 잠식**

발록이 강력한 마력을 뿜어내어, 일시적으로 범위 내에 있는 허약한 대상의 영혼을 잠식시킨다.

피아 구분 없이 생명력이 5퍼센트 이하로 떨어진 대상에게 시전할 수 있으며, 잠식에 성공할 확률은 대상과 발록의 '지능' 능력치에 따라 결정된다.

(발록의 지능/대상의 지능×100)퍼센트

지속 시간 동안 대상은 발록의 명령에 의해 움직이게 되며, 모든 공격 능력이 30퍼센트만큼 강화된다. 또, 발록이 사망할 때까지 '무적' 상태가 지속된다.

**재사용 대기 시간 : 120분**　　　**지속 시간 : 30분**

---

범위가 아주 넓은 것은 아니어서 한 번에 수십의 개체에 시전할 수 있는 능력은 아니었지만, 몸집이 작은 개체의 경우에는 한 번에 5~7 정도를 잠식시킬 수도 있는 게 바로 이 영혼 잠식 능력이었다.

이안의 경우, 만약 카이자르나 카르세우스, 뿍뿍이 등이 이 영혼 잠식에 당했다고 생각해 보라.

그 순간 어떻게 해 볼 방법 자체가 없어지는 것이었다.

물론 이안이야 소환수가 잠식당할 가능성이 보이면 칼같이 소환 해제를 해서 사전에 그것을 차단해 버릴 능력이 있었다.

하지만 컨트롤 능력이 부족한 소환술사들은, 우왕좌왕하다가 그대로 소환수들을 뺏기고 말 터였다.

일반적인 소환술사들에게 발록이란, 무조건 피해야만 할 마수였다.

상성이 너무도 좋지 않은 것이다.

머릿속에서 가상으로 전투를 시뮬레이션해 본 이안이, 훈이와 카노엘에게 오더를 내리기 시작했다.

"훈이, 너는 데스 나이트 세 기, 어둠의 술법사 둘. 스켈레톤 메이지 다섯까지만 운용하자. 아, 아이언 골렘도 하나 소환하고."

"으응? 스켈레톤 워리어들은 소환하지 마? 데스나이트나 어둠의 술법사도 더 소환할 수 있는데?"

훈이의 반문에, 이안이 딱 잘라 말했다.

"네가 컨트롤 가능한 소환수가 딱 거기까지야. 더 소환하면 짐만 될 테니까, 내가 말한 만큼만 소환해. 알겠지?"

"우씨…."

냉정한 이안의 말에, 훈이는 입술을 삐죽 내밀었지만 반박할 수 없었다. 놀랍게도 이안의 오더는 훈이가 생각하고 있었던 생각과 거의 흡사했던 것이다.

이안은 이어서 카노엘에게도 비슷한 오더를 내렸고, 천천히 던전 안으로 진입하기 시작했다.

카노엘은 별말 없이 이안의 오더를 수긍했다.

"흐음, 큰 기술 위주로 제어하고, 최대한 안전하게 운용해야겠네."

카노엘의 말에 이안이 고개를 끄덕였다.

"그래. 생명력이 10퍼센트 이하로 떨어지는 소환수 보이면 과감히 소환 해제하고."

"알겠어, 형."

한편, 이안의 뒤를 따라 걷던 훈이는, 문득 발끈했다.

"그런데 형은 왜 전부 다 소환하고 다녀?"

이안은 당연하다는 듯 대답했다.

"난 전부 다. 100퍼센트 제어할 수 있거든."

"……."

훈이는 이안의 말에 대꾸할 말이 없어졌다.

그리고 이안 일행은, 머지않아 '잊힌 영혼의 무덤' 던전의 첫 번째 마수를 만날 수 있었다.

게다가 놀랍게도, 처음부터 등장한 마수는 발록이었다.

훈이와 카노엘은 적잖이 당황했다.

"헐, 뭐야? 여긴 처음부터 발록이 나오는 거야?"

"사령의 탑처럼 다른 마수들 사냥하다 보면 마지막에 보스처럼 등장하는 그런 구도일 줄 알았는데."

그러나 이안은 전혀 놀란 표정이 아니었다.

아주 오래 전, 마왕 레카르도로부터 이 잊힌 영혼의 무덤에 대한 설명을 간단하게나마 들었었기 때문이었다.


-그곳은…… 발록이 서식하는 군락이라고 보면 된다네.

-구, 군락이라고요?

-그러니까 쉽게 도전하지 말라는 거지. 그곳은 마왕조차도 가벼운 마음가짐으로 발을 들일 만한 곳이 아니니까 말일세. 물론 하위 마왕들에게만 해당되는 얘기지말 말이야.

-그 정도라니…….


그리고 그 당시, 이안은 레카르도로부터 의미심장한 말도 하나 전해 들었었다.


-그리고 그 가장 깊숙한 심처엔…… 아, 아니지. 어차피 그에 대해서

는 얘기해 줘도 의미가 없겠군. 어차피 '그곳'까지 도달할 수 있을 리가
없을 테니 말이야.


그 얘기에 대해서는, 이안이 아무리 귀찮게 굴어도 알려
주지 않던 레카르도였다.

그렇기에 당시에는 포기했었으나, 지금까지도 잊고 있지
는 않았다.

'일단 발록의 심장부터 얻고, 그 심처라는 곳에는 다음에
다시 들어와 보든가 해야지. 지금은 시간이 부족하니까……'

걸음을 옮기던 이안이 자리에 우뚝 멈춰 섰다.

그리고 뒤따라오던 훈이와 카노엘을 멈춰 세웠다.

"기다려. 아마 놈은 혼자가 아닐 거야."

훈이가 헛바람을 들이키며 되물었다.

"뭐, 그럼 전설 등급의 마수가 진짜 일반 몬스터처럼 젠
된다는 얘기야?"

잘 모르는 사람의 입장에서는, 발록이 혼자 있을 때 기습
해야 더 유리한 것 아니냐고 말할 수 있다.

하지만 이와 같은 인스턴트 던전 안에서는, 몬스터와 던전
을 치르던 중 주변에서 다른 몬스터가 생성되는 것만큼 치명
적인 상황이 없다.

진형부터 시작해서 모든 전투 양상이 전부다 꼬이게 되어
버리는 것이니까.

그렇기에 이안 일행은 숨죽여 기다렸고, 곧 지켜보던 발록 주변에 붉은 기운이 넘실거리기 시작하는 것을 발견할 수 있었다.

후우웅- 후웅-!

낮은 공명음과 함께 서서히 피어오르는 붉은 운무雲霧.

그리고 잠시 후, 눈앞에 나타난 발록들의 숫자에 이안조차도 놀랄 수밖에 없었다.

훈이가 당황해서 입을 쩍 벌렸다.

"뭐야? 대체 몇 마리야? 하나, 둘, 셋……."

이안이 침착한 목소리로 대답했다.

"열일곱 마리네, 총."

"……."

순간적으로 혼란스러워진 이안이, 발록들의 면면을 찬찬히 훑었다.

'뭐지? 아무리 군락이라고 해도 끽해야 5~6개체 정도나 있을 거라고 생각했는데…….'

일반적으로 군락이란, 최소 50~60개체 이상의 같은 몬스터들이 모여 있는 곳을 의미한다.

하지만 그렇다고 해도, 그 모든 숫자가 한 자리에 전부 모여 있다는 뜻이 아니었다.

그 안에서도 적게는 서너 마리. 많게는 일고여덟 마리 정도가 모여, 총 50개체가 넘는 마수로 이루어진 군락을 이루게 되는 것이었으니까.

심지어 사령의 탑에서 매 층 군집해서 등장했던 전설의 마수들도 한 번에 7개체를 넘지는 않았었다.

그런 실정인데, 다른 전설 마수도 아니고 무려 발록이 이렇게 어마어마하게 많이 등장할 것이라고는 당연히 생각할 수 없었던 것이다.

구역 단위도 두 개밖에 차이나지 않는데 갑자기 난이도가 몇 배는 올라간 느낌이랄까.

그런데 그때, 훈이가 이안을 툭툭 치며 불렀다.

"이안 형, 근데 저 발록들…… 이름이 좀 이상한데?"

"응?"

훈이의 말에, 이안은 조금 앞으로 다가가 가장 가까운 곳을 움직이고 있는 발록을 살펴보았다.

그리고 머리 위에 떠 있는 몬스터 네임을 확인했다.

-주니어 발록 : Lv. 265

"오호."

주니어 발록 이라는 마수 이름은, 이안조차도 듣도 보도 못한 것이었다.

게다가 주니어라는 이름에 걸맞게 레벨도 확실히 낮지 않은가.

'이 정도라면 해 볼 만할 수도 있겠는데?'

이안은 찬찬히 나머지 발록들도 확인했다.

한 번에 시뻘건 발록이 십수 마리가 등장해서, 레벨조차 확인해 보지 못하고 쫄았던 것이었다.

게다가 처음 발견했던 한 마리는 355레벨인 일반적인 발록이었기에, 새로 등장한 녀석들도 다 그럴 것이라 지레짐작한 것도 있었다.

'264, 271, 252……. 새로 등장한 녀석들은 다 이 정도 레벨대군.'

카카를 통해 멀찍이 있는 발록까지 전부 다 확인한 이안은, 작전을 짜기 시작했다.

"자, 이 정도라면 우리한테 승산이 없지는 않아. 한번 트라이해 볼 만하다고."

그에 훈이가 반문했다.

"아무리 레벨이 낮은 주니어 발록인지 뭔지라고 해도 숫자가 너무 많지 않아? 저 정도 숫자가 모여 있으면 최상급 마수들이라도 쉽지 않을 텐데……."

이안이 고개를 끄덕였다.

"맞아, 확실히 쉽지는 않을 거야. 그리고 상황이 꼬이기 시작한다면, 분명 우리가 지겠지."

'영혼잠식' 고유 능력은 피아를 가리지 않고 사용할 수 있는 능력이었다.

만약 발록의 영혼 잠식이 생명력이 얼마 남지 않은 다른 발록에게 씌워진다면, 그 순간 다 죽어 가던 발록이 무적이 될 것이며 더해서 전투력도 30퍼센트만큼 상승할 것이다.

게다가 영혼잠식의 지속 시간도 30분이나 되었으니, 이만큼 답 없는 능력도 없었다.

이에 대한 대비책을 구상하던 이안이 문득 중얼거렸다.

"레벨이 낮은 주니어 발록부터 집중 공격해서 하나씩 끊어 내야 해. 변수는 주니어 발록이 일반 발록과 다른 고유 능력을 가지고 있을지도 모른다는 건데……."

그때 옆에 있던 카노엘이 이안을 향해 말했다.

"형, 아마 주니어 발록이라고 고유 능력이 일반 발록과 다르지는 않을 거야."

거의 단정적인 카노엘의 말에, 이안은 의아한 표정이 되었다.

"으응? 그걸 어떻게 알아? 어쨌든 몬스터 이름은 다르잖아. 혹시 주니어 발록을 만나 보기라도 한 거야?"

그럴 리가 없다는 것을 잘 알지만, 혹시나 해서 물어본 것이었다.

카노엘은 고개를 저으며 말을 이었다.

"형, 혹시 스테라곤이라는 소환수 알아?"

소환수라면 거의 대부분 알고 있는 이안은 당연히 고개를 끄덕였다.

"당연히 알지. 중부 대륙 남쪽 지역에서 잡히는 영웅 등급 소환수 아냐. 그건 왜?"

스테라곤은 제법 유명한 소환수였다.

드레이크와 비슷한 느낌의, 보급형 드래곤 소환수라고 해야 할까?

훌륭한 기동성과 공격력도 가지고 있었으며, 비행이 가능하고 외형도 나름 멋들어진 모습인 스테라곤은, 무척이나 인기가 많았다.

그래서 중부 대륙 남부에 있는 스테라곤의 둥지에, 스테라곤을 포획하거나 그 알을 채집하기 위한 파티가 항상 끊이지 않을 정도였다.

물론 영웅 등급의 드래곤 타입인 만큼, 아무나 넘볼 수 있는 소환수는 아니었다.

하지만 170~190 정도의 레벨대 소환술사라면 충분히 포획을 트라이해 볼 수 있는 수준이었고, 이제 그 정도 레벨을 달성한 소환술사들은 몇 백 명은 되었기에, 경매장에도 제법 많이 풀려 있는 소환수이기도 했다.

카노엘의 말이 이어졌다.

"내가 그거 잡으러 스테라곤 둥지 갔다가 주니어 스테라곤을 만난 적이 있거든."

"오."

흥미가 동했는지 훈이도 카노엘의 옆에 다가와 귀 기울여 듣기 시작했다.

"그런데 스테라곤의 고유 능력을 그대로 다 가지고 있더라고. 다 성장한 스테라곤이랑 다른 점은, 고유 능력의 계수들이 더 낮다는 정도?"

"그러니까 발록도 비슷할 거다?"

"그렇지. 아마 주니어 발록도 다르지 않을 것 같은데? 주니어 스테라곤의 고유 능력 계수는 전체적으로 일반 스테라곤보다 30~40퍼센트 정도 낮았던 것 같아. 내가 일일이 포획해서 비교해 봤거든."

이안의 눈에 이채가 어렸다.

그렇다면 난이도가 생각했던 것보다 더 낮아진다는 얘기였으니까.

"짜식, 가르친 보람이 있네. 역시 내 수제자야."

이안의 칭찬에 신이 난 카노엘이 한 마디 덧붙였다.

"레벨 올려 보면서 성장률 계수도 다 기록해서 데이터로 가지고 있어. 형도 줄까?"

이안은 진심으로 감탄한 표정이 되었다.

"크으, 우리 노엘이가 이제 제법 컸단 말이지."

훈이는 질린 듯한 눈으로 두 사람을 번갈아 보았다.

"으으, 형까지 왜 이래? 이안 형한테 옮지 말라고!"

이안이 눈을 가늘게 뜨며 대꾸했다.

"옳긴 뭘 옳아?"

"뭐겠어, 덕후 기질이지."

"덕후는 너 아니었냐?"

그런데 두 사람이 투닥거리는 와중에, 카노엘의 말이 다시 이어졌다. 그의 얘기는 여기서 끝이 아니었던 것이다.

"잠깐, 알려 줄 정보가 더 있어."

그에 훈이와 이안의 시선이 동시에 다시 카노엘을 향했고, 그의 말이 이어졌다.

"'주니어' 개체에는 또 다른 특성이 있다고."

이안은 살짝 흥분된 표정으로 재촉했다.

"오, 그게 뭔데? 뭔가 또 있는 거야?"

훈이는 고개를 절레절레 저었지만, 그래도 궁금하기는 했는지 이어질 카노엘의 말을 가만히 기다렸다.

그리고 카노엘은, 잠시 뜸을 들인 뒤 입을 열었다.

"구체적으로 정확히는 모르는데, 주니어 개체들은 모체母體랑 연결이 되어 있는 것 같더라고."

"연결?"

"우선 확실한 몇 가지만 말해 주면, 모체가 되는 성체의 주변에서 일정 범위 이상을 벗어나지 않으려고 한다는 점. 그리고 주니어 개체의 사망에 모체가 무척이나 민감하다는 점."

"민감하다는 건 무슨 말이야?"

"마치 부모와 자식 관계 같다는 거야. 주니어 개체를 죽이려고 하면, 모체가 자기 목숨을 걸어서라도 막더라고."

"오호!"

카노엘로부터 뜻밖의 정보들을 접한 이안은, 머릿속에서 구상해 놓았던 전략들을 빠르게 수정했다.

그리고 훈이와 카노엘에게 오더를 내리기 시작했다.

"자, 이 정도면 확실히 이길 수 있겠어."

훈이가 눈을 빛내며 물어봤다.

"승률은?"

"한…… 93.3퍼센트?"

"뭐야, 생각보다 낮은데?"

"변수가 좀 있어서 그래. 그래도 베히모스 때보단 높잖아."

누가 본다면 농담이라고 밖에 생각할 수 없는 두 사람의 대화였지만, 둘의 표정은 무척이나 진지했다.

이안의 입에서 나온 승률이라는 게 밑도 끝도 없이 만들어진 수치가 아니라는 것을, 훈이는 알고 있었기 때문이었다.

그리고 93.3퍼센트라는 수치를 낮다고 얘기한 이유는, 이안은 대부분의 경우에 99.9퍼센트라고 얘기하곤 했기 때문이다.

베히모스와의 전투 때는 70퍼센트대의 승률을 점쳤던 이안이었다.

"어쨌든 이제 움직여 보자고. 더 늦으면 내 다음 계획에 차질이 생기니까."

이안의 마지막 말은 무슨 말인지 정확히 이해하지 못했지만, 훈이와 카노엘은 일단 고개를 끄덕이며 작전대로 움직이기 시작했다.

그리고 30분이 지났다.

-크아아아! 감히 인간 따위가 고귀한 마령을 소멸시키다니!

마룽 칼리파를 제외한다면, 발록은, 이안이 보아 온 마수들 중에 유일하게 의사 표현을 할 줄 아는 지성체였다.

그리고 지금, 주니어 발록 몇 마리를 처치한 이안 일행은 진땀을 빼고 있었다.

"이게 어떻게 된 일이야, 노엘아? 저 자식 주니어 발록이 죽든 말든 신경 쓰지도 않잖아?"

"그, 그러게? 스테라곤이랑은 다르네."

아니, 정확히 말하면 신경 쓰지 않는 것은 아니었다.

주니어 발록이 하나 죽을 때마다, 분노에 떨며 전투력이 상승했으니까.

-주니어 발록의 사망으로 인해, 발록이 분노합니다.

-발록의 모든 전투 능력이 150분 동안 2퍼센트만큼 상승합니다.

주니어 발록 한 마리가 죽을 때마다, 발록의 전투 능력은 2퍼센트씩 상승했다.

이 2퍼센트라는 수치가 얼핏 보기에는 별것 아닌 것 같았지만, 중첩되는 것이 문제였다.

지금까지 이안 일행이 처치하는 데 성공한 주니어 발록은 총 다섯 마리.

덕분에 발록의 전투능력은 총 10퍼센트만큼 상승했고, 이는 발록에게 있어서, 마치 35레벨 정도가 상승한 것과 비슷한 효과였다.

발록의 레벨이 350대였으니까.

'이제 슬슬 강해지는 게 체감되고 있어.'

원래 이안 일행의 전략은 단순한 것이었다.

주니어 발록을 집중적으로 공격해서, 주니어 발록을 지키려는 모체 발록에게 손쉽게 피해를 입히려는 전략이었던 것이다.

하지만 모체 발록은 주니어 발록이 사망하든 말든 지키려고 하지 않았다.

게다가 역으로 주니어 발록이 죽을 때마다 더 강해지고 있으니, 총체적 난국이었던 것.

'지금이야 10퍼센트 정도니까 아직 할 만한데, 이거 열여섯 마리 다 죽고 나면 총 32퍼센트 버프가 걸리는 거잖아?'

32퍼센트의 전투 능력치라면, 112레벨에 준하는 수준.

이대로 주니어 발록들만을 죽이다가 마지막까지 발록이 살아남으면, 거의 450레벨이 넘는 발록을 상대해야 하는 것이다.

물론 진짜 450레벨인 발록보다야 약하겠지만, 어쨌든 지금의 이안 일행에게 벅찰 만큼 강해지는 건 사실이었다.

"뿍뿍아, 물의 장막!"

촤아아—!

분노한 발록의 손에서 뿜어져 나오는 마기 다발을 방어한 이안이 소환수들을 컨트롤해서 또다시 진영을 움직이기 시작했다.

동료의 사망에 움찔했던 주니어 발록들이 다시 거칠게 공격을 시작했기 때문이었다.

'이 전투에서 이기려면 어떻게든 모체를 먼저 사냥해야 하는데…….'

하지만 그게 또 쉬운 일이 아니었다.

모체가 주니어 개체를 보호하기 위해 필사적이라는 소환수 스테라곤과는 달리, 이 발록이라는 녀석들은 주니어 발록들이 오히려 모체 발록을 지키기 위해 필사적이었기 때문이었다.

사실 쉬웠다면 이안 일행이 아직까지 사냥하지 못했을 리가 없었다.

그때, 이안의 뇌리에 괜찮은 생각이 떠올랐다.

‘잠깐, 우리가 꼭 이 발록 성체를 잡을 필요가 있나?’

지금 이안 일행이 이 잊힌 영혼의 무덤에 온 가장 큰 이유는 ‘발록의 심장’을 얻기 위한 것이었다.

물론 사냥할 수 있다면야 발록의 성체까지 사냥하여 보상을 얻는 게 좋지만, 어렵다면 굳이 무리할 이유도 없는 것이다.

이안은 발록들의 공격을 피하며 어디론가 빠르게 움직이기 시작했다.

"형, 갑자기 어디 가!"

"기다려 봐, 일단 진형 유지하고!"

이안이 향한 곳은 가장 가까운 곳에 있는 쓰러진 주니어 발록의 사체였다.

채앵-!

다가오는 주니어 발록 한 마리의 발톱을 창대로 쳐낸 이안이, 발록 사체를 향해 손을 뻗었다.

그러자…….

띠링-.

-‘용사 디카프의 반지’ 아이템을 획득하셨습니다.

-‘발록의 작은 뿔’ 아이템을 획득하셨습니다.

-‘중급 마정석×3’ 아이템을 획득하셨습니다.

-‘상급 마령석’ 아이템을 획득하셨습니다.

-‘흉포한 마수의 갑주’ 아이템을 획득하셨습니다.

‘과연 발록’이라는 말이 절로 나올 정도로, 주니어 발록의 사체는 한 번에 많은 고급 아이템을 드롭했다.

그리고 마지막에 떠오른 한 줄의 메시지에, 이안은 함박웃음을 지었다.

-'발록의 심장 조각×2' 아이템을 획득하셨습니다.

그리고 이로써 이안이 생각했던 음모를 위한 마지막 한 조각의 퍼즐도 완벽하게 맞춰지게 되었다.

"뭐 이렇게 모이는 데 오래 걸리는 거야?"

마틴이 살짝 신경질적으로 말하자, 옆에 있던 체이스가 어쩔 줄 몰라 하며 대답했다.

"연락은 다 돌렸으니 곧 다 모일 겁니다, 마스터."

"후우, 지금 벌써 5분도 넘게 지났다고."

"연락 한 번씩 더 넣어 보겠습니다."

마계 15구역 게이트 바로 앞의 공터에는 다크루나 길드와 호왕 길드의 파티원들이 하나둘 모여 정비를 하고 있었다.

당연한 얘기겠지만, 그들의 목적은 바로 발록의 심장.

그리고 마틴이 신경질적인 이유는 무척이나 복합적인 것이었다.

그중에서도 가장 큰 원인은 바로 얀쿤이 준 퀘스트들을 클리어하면서 누적된 스트레스.

'후, 그 근육 돼지를 또 만날 생각을 하면 벌써 치가 떨리는군.'

거기에 15구역까지의 강행군으로 인한 스트레스와, 곧 상대해야 할 발록이라는 존재에 대한 부담감이었다.

게다가 길드원들까지 늦게 나타나니, 짜증이 폭발할 수밖에 없었던 것이었다.

"호왕 길드원들은 언제 다 모이는 건가? 우린 이제 한 명만 더 오면 된다. 아마 3~5분 안에는 전부 모일 듯하군."

이라한의 빈정거림에 마틴이 이를 갈며 대답했다.

"한 20분만 더 줘. 한 놈이 갑자기 일이 생겨서 좀 늦나봐."

"쯧쯧."

지금 15구역에 모여 있는 두 파티는, 각각 열다섯 명이 조금 안 되는 인원이었다.

결코 적은 수의 파티원이 아니다 보니, 모이고 정비하는 데 필요한 시간도 제법 소모되었다.

때문에, 모이기로 약속했던 시간으로부터 30분 정도가 지난 시점에야 던전 공략을 위한 준비가 전부 마무리되었다.

"자, 그럼 이제 가 보도록 하지."

이라한의 말이 떨어지자마자 양 길드의 길잡이들이 앞서 움직이기 시작했다.

정찰조가 미리 움직여서, 던전의 위치는 파악해 놓은 상태였다.

이안은 인벤토리를 빠르게 확인해 보았다.

-발록의 심장 조각 (2/50)

발록의 심장 완제를 만들어 내는 데 필요한 조각은 총 쉰 개.

한 마리 사냥해서 두 조각이 나왔으니, 원래대로라면 스물다섯 마리를 사냥해야 완성할 수 있게 되는 것이다.

하지만 다행히도 지금 이곳에는 이안 혼자만 있는 것이 아니었다.

"훈이, 노엘이 몇 개씩 나왔어?"

"난 두 조각."

"나도 두 조각이야, 형."

확실한 것은 아니었으나, 주니어 발록 한 마리를 처치할 때마다 한 사람당 얻을 수 있는 조각의 개수는 거의 두 개인 듯 보였고, 그렇다면 한 마리를 사냥하면 총 여섯 개의 조각이 모이는 것이었다.

이안 일행은 요리조리 발록들의 공격을 피해 다니며, 빠르게 주니어 발록들의 사체를 수습했다.

띠링-.

–'발록의 심장 조각 ×2' 아이템을 획득하셨습니다.

–'발록의 심장 조각 ×1' 아이템을 획득하셨습니다.

–'발록의 심장 조각 ×2' 아이템을 획득하셨습니다.

그리하여 세 사람에게 모인 발록의 심장 조각들을 확인하니 총 스물일곱 개였다.

'그럼 이제 5마리 정도만 더 잡으면 되는 건가?'

총 다섯 마리의 사체에서 획득한 조각이 스물일곱 개였으니. 추가로 다섯 마리 정도를 더 사냥하면 전부 모일 게 거의 확실했다.

계획이 선 이안 일행은, 그때부터 전력을 다해 주니어 발록들을 사냥하기 시작했다.

"훈이, 라이한테 망자의 보복!"

"오케이!"

"노엘이는 용용이 소환 해제해! 죽겠다!"

"알겠어, 형!"

애초에 이 필드가 어려웠던 가장 큰 이유는, 모체인 발록을 어떻게든 잡으려 했기 때문이었다.

주니어 발록을 하나 사냥할 때마다 계속해서 강해지는 녀석이 부담스러웠고, 어떻게든 모체 위주로 생명력을 빼려고 하다 보니 답이 나오지를 않았던 것.

주니어 발록들이 필사적으로 모체를 지키는데, 녀석들을 죽이면 안 된다고 생각하니 난이도가 헬일 수밖에 없었던 것이다.

하지만 이제 그럴 필요가 없어졌다.

오히려 모체 발록을 공격하는 스탠스를 취하면서, 지키려는 주니어 발록들을 사냥하면 되는 상황이 된 것이다.

그리고 260레벨 전후 밖에 되지 않는 주니어 발록들은, 이안 일행에게 그야말로 밥이라고 할 수 있었다.

콰아앙-!

-전설의 마수 '주니어 발록'에게 치명적인 피해를 입히셨습니다.

-전설의 마수 '주니어 발록'의 생명력이 476,090만큼 감소합니다.

-'주니어 발록'을 처치하는 데 성공하셨습니다.

이안의 정령왕의 심판이, 주니어 발록의 본체를 정확히 꿰뚫었다.

발록이 상대하기 어려운 이유 중 하나는, 연기와 화염에 휩싸인 몸체가 계속해서 움직이면서, 대미지를 입힐 수 있는 본체의 위치가 자꾸 바뀐다는 점이었다.

그러나 이렇게 제대로 본체에 피해를 입힐 수만 있다면, 물리방어력 자체는 비교적 약한 게 발록이기도 했다.


"이안 형, 됐어! 이제 총 50조각 모였을 거 같은데?"

훈이의 말에 조각 개수를 확인해 본 이안이, 고개를 끄덕이며 대답했다.

"오케이, 51조각이네. 그럼 일단 퀘스트는 클리어했고……."

반대편에서 넘어온 카노엘이 이안을 향해 말했다.

"형, 그럼 이제 던전 빨리 빠져나가자. 저 발록 성체 이제 거의 괴물 다 되어 가고 있어. 벌써 버프가 10중첩이야."

카노엘의 말대로였다.

20퍼센트나 되는 전투력 버프가 생긴 350레벨의 발록은, 정말 지옥 같은 괴력을 뿜어내고 있었던 것이다.

탱커인 빡빡이가 마기 공격 한 번에 거의 40퍼센트의 생명력이 빠져나갔으니, 그 위력은 실로 어마어마한 것이었다.

훈이도 맞장구쳤다.

"그래 형, 얼른 빠져나가서 그림자깃털 구하러 가자. 여기더 있다가는 우리도 위험하다고."

그리고 때맞춰 발록이 또다시 폭주하기 시작했다.

-크아아악! 하찮은 인간들, 모조리 다 죽여 주마!

-발록의 고유 능력, 마령의 분노가 발동됩니다.

-발록의 마기 발동률이 30분 동안 15퍼센트만큼 상승합니다.

-발록에게 걸려 있는 모든 버프 효과의 지속 시간이, 120분만큼 증가합니다.

-발록의 생명력 재생 속도가, 30분 동안 20퍼센트만큼 상승합니다.

발록의 고유 능력 중 하나인 '마령의 분노'.

이 고유 능력은, 원래대로라면 '영혼잠식' 만큼 까다로운 능력은 아니었다.

하지만 지금은 조금 특수한 상황이다.

지금 발록에게는, 주니어 발록이 사망하며 걸린 전투력 버프가 고스란히 남아 있는 상태였던 것이다.

모든 버프 효과의 지속 시간이 2시간이나 증가했다는 말은, 최소 '2시간 동안은 잘 생각 말라.'는 말과 같다고 봐도 무방했다.

훈이가 이안을 재촉했다.

"아 형, 뭐해. 빨리 빠져나가자니깐?"

하지만 이안의 생각은 두 사람과 조금 다른 듯 보였다.

"아냐. 지금 나가기는 좀 아쉬워."

"아, 뭐가 아쉬운데! 발록의 심장도 만들었잖아. 시간 조금이라도 아껴서 다음 재료 구하러 가야지!"

이안이 날아드는 발록의 공격을 피하며 대답했다.

"아직 36시간이나 남았고, 어둠의 보주도 있어. 깃털쯤은 쉽게 구할 수 있으니까 걱정 마."

그리고 훈이가 뭐라 대꾸하기도 전에, 다시 말을 이었다.

"지금부터 정신 바짝 차리고, 남아있는 주니어 발록 전부 사냥할 거다."

"……!"

카노엘마저 의아한 표정이 되었으나, 이안은 그에 대한 설명 없이 빠르게 창을 휘두르며 주니어 발록을 공격해 들어갔다.

쾅- 콰쾅-!

그러자 훈이도 어쩔 수 없이, 투덜거리며 그의 뒤를 따랐다.

"아 씨, 저 형은 또 왜 저러는 거야?"

이안 대신 카노엘이 피식 웃으며 대꾸했다.

"뭐, 생각이 있겠지. 이유 없이 저럴 사람은 아니니까 일
단 시키는 대로 해 보자고. 혹시 알아? 전설 등급 템이라도
무더기로 떨어질지."

그에 앞서 전투에 뛰어든 이안이 알 수 없는 말을 중얼거
렸다.

"뭐, 어쩌면 노엘이 말이 맞을지도? 주니어 발록이 떨구는
건 아닐 테지만 말이야."

"저건 또 무슨 말이래?"

구시렁거리기는 했지만, 막상 전투가 시작되니 훈이는 자
신의 역할을 완벽히 수행했다.

그리고 세 사람의 손발은 더욱 분주해지기 시작했다.

상대해야 할 몬스터의 숫자는 줄었지만, 아이러니하게도
전투의 난이도는 점점 더 올라가고 있었기 때문이었다.

한편, 이안 일행이 열심히 주니어 발록들과 사투를 벌이고
있던 그 시각.

"이거, 뭔가 으스스한데?"

"그러게 말입니다. 마치 공동묘지 같은 분위긴데요?"

호왕 길드와 다크루나 길드의 연합 파티는 '잊힌 영혼의 무덤'으로 향하는 '죽음의 길' 위에 서 있었다.

마틴이 앞서가던 정찰조를 불러 세웠다.

"그나저나 이 길은 뭐 이렇게 긴 거야? 정찰조!"

"예, 마스터."

"던전 입구는 확실히 확인해 보고 온 거 맞아?"

"맞습니다. '잊힌 영혼의 무덤'이라는 이름까지 확인하고 나왔습니다."

"흐음, 그렇단 말이지……."

마틴은 의아한 눈초리로 주변을 계속해서 두리번거렸다.

그리고 그것은 이라한 또한 마찬가지였다.

벌써 이 죽음의 길에 들어선 지 20분이 넘었는데, 던전의 입구가 보이지 않으니 의문이 들 수밖에 없는 것이다.

게다가 언제 마수들이 튀어나올지 모른다는 생각 때문에 긴장은 긴장대로 계속 해야 하니, 그것도 제법 고역이었다.

그런데 그때, 다크루나 길드의 정찰대원이 이라한에게 다가왔다.

"마스터, 저 바위벽 뒤쪽으로 돌아 들어가면 던전 입구입니다."

이라한이 고개를 끄덕이며 대답했다.

"그렇군. 다들 전투 준비! 재사용 대기 시간 전부 체크하고,

포션 수량 체크하고. 실수는 용납할 수 없다. 발록에 대해서는 사전에 충분히 설명해 줬으니, 다들 잘 숙지하고 있겠지?"

"예, 마스터!"

이라한은 이안만큼이나 발록에 대해 잘 알고 있었다.

최소한 고유 능력들은 모조리 꿰고 있었고, 미리 파티원들에 전부 설명해 주었다.

그리고 2~3분간의 정비가 끝나자, 정찰조는 뒤로 빠지고 이라한과 마틴이 선두에 섰다.

마틴이 뒤를 돌아보며 입을 열었다.

"다들 긴장하고. 빠르게 발록 한 마리만 잡고 빠져야 되는 거 알지?"

이라한이 한마디 덧붙였다.

"정확히 말하자면, '발록의 심장을 획득할 때까지'만이다. 총 두 개를 획득해야 하는데…… 인원이 많으니 한 마리만 사냥해도 두 개 정도는 드롭되겠지."

말을 마친 이라한이 성큼성큼 걸음을 옮겨 던전 입구를 향해 발을 디뎠다. 그리고 그를 시작으로, 모든 파티원들이 일사불란하게 던전 안으로 진입했다.

쿵- 쿵- 쿵-!

어디선가 묵직한 발소리가 울려 퍼졌다.

그것은 무척이나 흉포해서, 거리가 제법 있음에도 불구하고 섬뜩하게 느껴질 정도였다.

마틴이 목소리를 죽인 채 작게 중얼거리듯 말했다.

"발록의 발소린가? 제법 대형 몬스터인 것 같은데?"

이라한이 입을 열어 다시 한 번 오더를 내렸다.

"조심해서 한번 들어가 보도록 하지. 오더 떨어질 때까지 아무도 공격은 하지 말고. 발록이 여러 마리 모여 있기라도 하면, 함부로 공략할 수 없으니 말이야."

이라한을 필두로, 일행은 조심스럽게 던전 안으로 이동했다.

그리고 5분도 채 지나지 않아, 한 마리의 거대한 발록을 찾을 수 있었다.

이라한은 재빨리 발록의 정보를 확인해 보았다.

-발록 : Lv. 355

이라한의 두 눈에 이채가 어렸다.

'355레벨 발록 한 마리라. 잘하면 이거…… 생각했던 것보다 훨씬 쉽게 퀘스트를 마무리할 수 있겠는데?'

지금 이라한 파티의 평균 레벨은 250 정도였다.

게다가 다들 최상위권의 랭커들이었기에 컨트롤 능력 또한 준수했으니, 아무리 발록이라 하더라도 350레벨 정도의 한 마리쯤은 전혀 어려울 것 같지 않았다.

그런 이라한의 생각을 읽기라도 했는지, 마틴이 밝은 표정으로 말했다.

"저 정도라면 당장 공략해도 되겠는데. 어떻게 생각하나, 이라한?"

이라한이 고개를 끄덕였다.

"물론이다. 350레벨 정도 발록이라면, 한 두세 마리까지는 우리 전력으로 충분히 상대할 수 있을 거다."

이라한은 정찰조 둘에게 발록 주변에 다른 개체가 없는지 확인을 지시했다.

그리고 1분 정도가 지나자, 정찰조가 돌아와 보고했다.

"반경 100미터 이내에는 저놈 한 마리뿐입니다."

"알겠다. 수고했어."

이라한의 한쪽 입꼬리가 슬쩍 말려 올라갔다.

"놈은 혼자다. 최대한 화력 집중시켜서, 빠르게 처치한다!"

그에 다크루나 길드의 길드원들은 물론, 호왕 길드의 길드원들도 고개를 끄덕이며 대열을 갖추기 시작했다.

전체 파티의 오더는 이라한이 내리고 있었기 때문에 그것은 당연한 것이었다.

"마법사들 단일 마법 캐스팅 시작하고, 기사들 먼저 앞으로!"

우우웅-!

여기저기서 마법사들의 원거리 마법이 캐스팅되자, 허공으로 공명음이 퍼져 나가기 시작했다.

그리고 그와 함께, 발록 또한 유저들의 존재를 알아차렸는지 존재감을 내뿜기 시작했다.

－가소로운 인간들. 모조리 죽여 주도록 하겠다. 크아아아!

원래대로였다면, 마법사들은 최대한 은밀하게 공격 마법 캐스팅을 시작해야 했다.

한차례 마법을 퍼부은 다음에 전투가 시작되는 것이 좀 더 유리한 건 당연한 것이었으니까.

하지만 발록은 고작 한 마리에 불과했고, 그것은 방심을 불러일으키기에 충분했다.

한 마리의 발록 정도는, 어차피 순식간에 처치할 수 있다고 생각했으니까.

스르릉－!

탱커들이 먼저 달려드는 것을 확인한 이라한이, 허리에 차고 있던 검을 힘있게 뽑아 들었다.

이참에 호왕 길드 유저들에게도, 자신의 강력함을 확실히 보여 줄 생각이었다.

'후후, 내가 괜히 마계 랭킹 1위가 아니라는 걸 이 기회에 제대로 보여 줘야겠군.'

그러나 이라한의 야심찬 생각은 더 이상 이어질 수 없었다.

－재가 되어 사라지리라!

화아아악—!

—전설의 마수 '발록'의 고유 능력, '마염의 폭풍'이 발동됩니다.

콰쾅— 콰콰쾅—!

발록이 교차시켰던 양 팔을 펼쳐 올리자, 그 주변으로 강렬한 마기와 화염이 뿜어져 나온 것이다.

사실 거기까지는 문제될 게 없었다.

마염의 폭풍은 이미 알고 있던 고유 능력이었고, 탱커들이 충분히 버텨 낼 만한 기술이었으니까.

하지만…….

"으아악!"

"이게 뭐야?"

"대체 어떻게 된……!"

그 '마염의 폭풍' 단 한 방에 앞서 달려들던 탱커들이 모두 전멸해 버릴 것이라고는, 그 누구도 상상하지 못했던 게 문제였다.

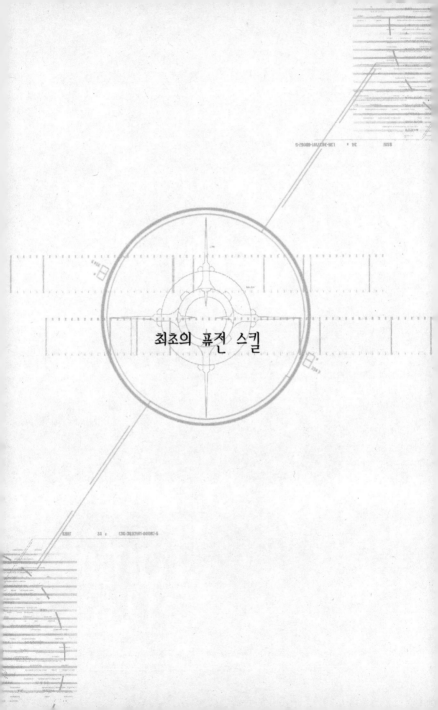

최초의 퓨전 스킬

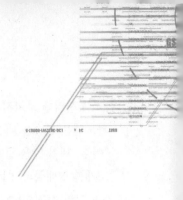

"크크큭. 크하하핫!"

검정색 로브를 뒤집어쓴 훈이가 고개를 뒤로 젖히며 호탕하게 웃어 댔다.

훈이는 무슨 기분 좋은 일이 있는 건지 몸까지 들썩이며 웃고 있었다.

그에 옆에 있던 카노엘이 눈살을 찌푸리며 핀잔을 주었다.

"크크큭이 뭐냐, 오그라들게. 이상한 콘셉트 좀 잡지 말라니까."

훈이가 입술을 삐죽이며 대꾸했다.

"아 왜? 흑마법사는 사악하게 웃어야 하는 법이라고. 방금

나 되게 사악해 보이지 않았어?"

카노엘은 한숨을 내쉬며 고개를 돌려버렸다.

"어후, 내가 말을 말아야지."

고개를 절레절레 젓는 카노엘을 보며, 이안이 피식 웃었다.

"걔 그러는 거 하루 이틀이냐? 영상이나 보자. 이거 진짜 꿀잼이네."

이안의 말에, 카노엘과 훈이가 다시 옹기종기 모여 들었다.

훈이가 이안의 등에 매달리며 히히덕거렸다.

"크크큭, 역시 이안 형이 제일 사악하단 말야. 형도 흑마법사를 했어야 했는데."

카노엘이 피식 웃으며 말했다.

"그랬으면 너 랭킹 2위로 내려갔을 걸?"

훈이의 입이 다시 댓 발 튀어나왔다.

"우씨……."

잠시 실랑이를 벌이던 세 사람은, 다시 쪼그려 앉아 무언가를 열심히 시청하기 시작했다.

그리고 둘러앉은 세 사람의 중심에는 어두운 기운이 흐르는 커다란 수정구가 하나 두둥실 떠 있었다.

세 사람이 둘러앉아 보고 있는 것은, 다름 아닌 훈이의 흑마안이었던 것이다.

"아, 이거 컬러 지원 안 되나? 컬러였으면 더 재밌었을 텐데."

훈이의 투덜거림에, 카노엘이 웃으며 대꾸했다.

"네가 카카 색맹수술 해 주든가."

"할 수 있으면 진짜 해 주고 싶다. 이 재밌는 걸 흑백으로 봐야 하다니."

그들이 공유받고 있는 시야는 역시, 흑백으로 된 카카의 시야.

흑마안으로 생성된 수정구 안에는 일단의 마족 무리들이 발록 한 마리와 힘겨운 사투를 벌이고 있었다.

물론 그 마족 무리들은 이라한과 마틴의 길드 연합 파티였다.

숨 막힐 정도로 처절한 마족 유저들의 사투가 펼쳐졌다.

역시 강 건너 불구경이야말로 가장 재밌는 구경거리라 할 수 있었다.

"내가 설계했지만 좀 불쌍한데?"

이안의 중얼거림에, 훈이가 어이없는 표정으로 되물었다.

"하, 마음에도 없는 소리 할래, 형?"

"아냐, 이래 봬도 난 마음속에 항상 측은지심을 가지고 있다고."

"노엘이 형이 물약 아끼는 소리하네."

티격태격하는 두 사람과는 별개로, 계속해서 수정구를 지켜보던 카노엘이 이안을 불렀다.

"형, 이제 끝나 가는 거 같은데? 어쩔까? 좀 더 지켜봐?"

이안이 수정구를 잠시 지켜보더니 자리에서 벌떡 일어났다.

"제군들, 이제 슬슬 내려갈 준비하자고."

그에 카노엘과 훈이도, 힘차게 자리에서 일어났다.

"오케이!"

"좋아, 수확하러 가 볼까?"

어차피 이라한과 마틴의 파티가 전멸하는 것은 기정사실이었고, 그렇다면 타이밍을 맞춰서 내려가는 것이 가장 중요했다.

발록이 회복할 시간을 줘서는 안 되기 때문이었다.

잊힌 영혼의 무덤 2층에 숨어 있던 이안 일행은, 수정구를 회수한 뒤 1층으로 이어진 게이트를 향해 조심스레 움직였다.

'제, 제길! 움직일 수가 없어!'

이라한은 쉴 새 없이 검을 휘둘러 누군가와 싸우고 있었다.

검을 한 번 휘두를 때마다 적들의 신형이 무참히 튕겨 나갔다.

다만, 그것이 자신의 의지와 무관한 움직임이며, 상대가 사실은 적이 아니라는 게 문제였다.

이라한은 울고 싶은 심정이 되었다.

'이거 대체 지속 시간이 얼마나 긴 거야?'

이라한이 휘두르는 검에, 같은 다크루나 길드원들이 죽어 나가고 있었다.

"제길! 마법사들 뭐해? 캐스팅 빨리 해 보라고!"

"앞에서 버텨 주는 사람이 있어야 캐스팅을 성공할 거 아냐! 계속 마기가 쏟아지는데 무슨 수로 캐스팅을 해!"

"사제! 사제들은 다 어디 갔어!"

"전멸이야!"

"젠장!"

발록을 상대하던 파티의 70퍼센트 이상이 이미 전멸했다.

게다가 남은 인원의 절반도, 발록의 '영혼잠식'에 당해 아군을 향해 검을 휘두르고 있었다.

영혼잠식에 당한 아군들을 죽일 수라도 있으면 좋겠건만, 그들은 심지어 '무적' 상태였다.

그야말로 절망적인 상황.

발록의 생명력도 얼마 남지 않은 상태였으나, 마지막에 발동된 영혼잠식 때문에 전세가 완전히 기울어 버렸다.

특히 파티에서 가장 강한 랭커인 이라한이 영혼잠식에 당했기 때문에, 아예 회생 불가능한 상황이 되어 버린 것이다.

"으아아아!"

콰아앙-!

발록이 휘두른 앞발에, 다크루나 길드 마법사 한 명이 튕겨나가 새카만 재로 변했다.

이라한은 움직일 수는 없었지만 상황을 볼 수는 있었기에, 더더욱 짜증나고 괴로웠다.

'제길! 발록한테 미친 버프를 16중첩이나 시켜 놓은 게 대체 누구야?'

아직도 버프가 3~4중첩은 남아 있는 발록을 응시하며, 이라한은 이를 갈았다.

하지만 이라한이 할 수 있는 것은 아무것도 없었다.

마지막 길드원까지 죽어 가는 모습을 두 눈 뜨고 지켜볼 밖에.

귀환 스크롤이라도 찢고 싶었지만, 광역 귀환 스크롤이 이라한 자신에게 있었기 때문에 그것조차 불가능한 실정이었다.

그야말로 외통수라고 할 수 있는 최악의 상황.

그나마 위안이라고 할 만한 것은, 전투가 시작되자마자 제일 먼저 사망해 버린 마틴보다는 자신이 조금 더 낫다는 것뿐이었다.

'으, 처음에 방심하지만 않았어도 잡을 수도 있는 녀석이었는데…….'

시작하자마자 근접 딜러와 탱커 여섯 명이 죽어 버린 게, 너무도 뼈아픈 실책이었다.

그것만 아니었더라면 희생은 컸을지언정 사냥에 실패하는 일은 없었을 것이었다.

'분하다!'

그런데 그때, 이라한의 시야에 시스템 메시지가 떠오르기 시작했다.

−상태 이상 '영혼잠식'의 지속 시간이 60초 남았습니다.

−영혼의 고통으로 인해, 시야가 조금씩 흐려집니다.

이라한이 쓰게 웃으며 속으로 중얼거렸다.

'이렇게 또 1레벨 날리는 건가…….'

영혼잠식에 당한 대상은, 잠식이 끝나는 순간 '무적' 상태가 풀리며 생명력이 '1'남은 상태로 바닥에 쓰러지게 된다.

그리고 3분 동안 '스턴' 상태가 지속되는데, 이때 컨트롤이 좋은 사제 클래스 유저가 있다면 문제될 게 없었다.

'영혼잠식' 상태 이상과 달리 '스턴'은 사제의 해제 스킬로 회복시킬 수 있는 기본적인 상태 이상 중 하나이기 때문이었다.

때문에 컨트롤이 좋은 사제가 재빨리 해제 스킬과 회복 스킬을 걸어 주면 곧바로 회생이 가능하다.

하지만 문제는, 지금 이라한의 파티에 사제가 단 한명도 남지 않았다는 것이었다.

영혼잠식이 풀리고 스턴에 빠지는 순간, 그대로 발록의 발에 짓밟혀 사망할 수밖에 없는 것이다.

−'영혼잠식'의 지속 시간이 21초 남았습니다.

−'영혼잠식'의 지속 시간이 20초 남았습니다.

이라한은 완전히 체념해 버렸고, 아예 편안한 마음으로 다시 이 발록을 잡으러 올 계획을 머릿속으로 생각하기 시작했다.

15구역까지 다시 오는 것은 이제 식은 죽 먹기였고, 발록의 공격 패턴도 익혔으니 다음에는 희생 없이 사냥할 수 있을 것 같았다.

'다시 트라이할 때엔, 쓸모없는 호왕 길드 녀석들은 데리고 오지 말아야겠어.'

그리고 곧 영혼잠식이 풀리며 이라한의 신형이 무너져 내렸다.

쿵―.

―'영혼잠식'이 해제되며, 그 충격으로 인해 3분 동안 '스턴' 상태가 됩니다.

이라한은 이제 발록의 손에 죽을 것이라 생각했다.

생명력은 고작 '1'포인트가 남아 있었고, 뭐에라도 스치면 그대로 사망할 수밖에 없는 상황이니까.

그런데 그때, 뒤쪽에서 알 수 없는 타격음이 들리기 시작했다.

'뭐지? 파티는 전부 전멸했을 텐데? 지원군이라도 온 건가?'

현재 이라한의 시야에는, 던전의 돌바닥밖에 보이지 않았다.

고개가 거의 바닥에 처박힌 상태로 쓰러져 버렸기 때문이었다.

스턴 때문에 고개를 돌릴 방법도 없어 상황을 정확히 알 수 없었지만, 발록은 지금 누군가와 싸우고 있었다.

이라한은 발록과 싸우고 있는 누군가나, 다크루나 길드의 지원군이라고 생각했다.

'그래! 지원군이 온 거야! 분명해!'

그리고 만약 지원군(?)이 발록을 처치할 수만 있다면, 극적인 드라마가 쓰이게 될 것이다.

이라한은 기대감에 가슴이 두근거리기 시작했다.

'누가 명령하지도 않았는데 이렇게 예쁜 짓을 한 거지? 헤밀슨인가? 아니면 카리온? 누군지는 몰라도 지원군을 계획한 녀석에게 큰 상을 내려야겠어. 얼마 전에 획득한 전설 등급 아뮬렛이라면 충분하겠지.'

콰쾅- 쾅-!

"라이, 카이자르, 마무리하자!"

크아아오!

희미하게 들려오는 음성들.

이라한은 어떤 길드원의 아이디인지 열심히 추측했다.

'라이자르가 누구지? 처음 듣는 아이디인데……'

그리고 잠시 후, 이라한의 간절한 마음이 그들에게 전달되었는지 쿵 하고 거대한 발록이 쓰러지는 소리가 귓전을 파고들었다.

쿠웅-!

그 소리를 들은 이라한은, 두 주먹에 힘을 주었다.

물론 스턴 때문에 실제로 손이 움직이지는 않았지만 말이다.

'됐어! 이제 얼른 날 회복시켜 달라고!'

어차피 50초 정도 후면 스턴이 풀리게 되지만, 이라한은 빨리 일어나서 쓰러진 발록의 모습을 보고 싶었다.

하지만 지원 파티에 사제 클래스가 없기라도 한 것인지 아무도 이라한을 회복시켜 주지 않았다.

이라한은 불안해지기 시작했다.

'혹시, 우리 길드 지원군이 아니라 호왕 길드 놈들의 지원군인가?'

그런데 그때, 멀찍이서 기묘한 소리가 이라한의 귀에 들려오기 시작했다.

뿍- 뿌북- 뿍-.

그에 무슨 영문인지는 알 수 없었지만, 이라한의 신경이 곤두서기 시작했다.

'뭐, 뭐야? 이 이상한 소리는!'

그리고 그 기묘한 소리는, 시간이 지날수록 점점 더 가까워지고 있었다.

뿍- 뿍뿍-!

이라한은 본능적으로, '스턴'의 지속 시간이 얼마 남았는지 확인해 보았다.

-'스턴'의 지속 시간이 23초 남았습니다.

'아, 안 돼! 23초만 기다려 줘!'

뿍뿍거리는 소리의 정체가 뭔지도 정확히 파악하지는 못했으나, 이라한은 본능적인 두려움에 몸을 부르르 떨었다.

그리고 그 순간, 지척까지 다다른 뿍뿍거리는 소리가 멈추더니 이상한 대화 소리가 들려왔다.

"주인아, 얘 살아 있는 것 같뿍!"

"그래? 살아 있다고?"

"그렇뿍! 살아 있다뿍!"

이라한은 절규했다.

'그래, 나 살아 있다고! 살려 달라고!'

그러나 다음 순간, 이어지는 대화에 이라한은 절망해야만 했다.

"그럼, 밟아!"

"알겠뿍!"

그리고 이라한의 시야에는, 그대로 어둠이 내려앉았다.

뿍ㅡ.

-치명적인 피해를 입었습니다!

-생명력이 1만큼 감소합니다.

-생명력이 모두 소진되어 '사망' 상태에 빠집니다.

그렇게 이라한은 영문도 모른 채 싸늘한 주검으로 변하고 말았다.

띠링– 띠리링–!

이라한이 사망하며, 그가 지니고 있던 아이템의 일부가 바닥에 드롭되기 시작했다.

그리고 그것을 본 이안은 혀를 내두를 수밖에 없었다.

'이놈은 대체 뭐 이렇게 템을 많이 들고 다니는 거야? 장착 중인 장비는 대부분 계정 귀속이어서 드롭되지도 않았을 텐데.'

아이템에선 황금빛의 광채가 쉴 새 없이 솟구쳐 올랐다.

그에 옆에 있던 훈이가 탄성을 내질렀다.

"캬, 이게 다 전설 등급 아이템이라고? 진짜 미쳤는데?"

뒤늦게 다른 마족 유저들의 아이템을 수확한 뒤 다가온 카노엘도, 이라한이 떨군 아이템들을 보고 감탄을 금치 못했다.

"이건 진짜 역대급이다. 아주 번쩍번쩍하네."

이안도 고개를 끄덕이며 동의했다.

"그러니까 말야. 난 계정 귀속 장비 말고는 좋은 템 잘 안 가지고 다니는데."

세 사람은 대화를 나누면서도, 부지런히 아이템들을 수거했다.

무려 서른 명이나 되는 최상위권 랭커들이 드롭한 아이템들이다보니, 그 양이 어마어마했던 것이다.

"크으, 이거 다 팔면 얼마나 될까? 한 2천만 골드?"

훈이의 말에, 이안이 손가락을 까딱이며 대답했다.

"아니, 2천만은 무슨. 대충 봐도 3천만 골드는 넘겠구먼."

카노엘도 한마디 핀잔을 주었다.

"훈이 너는, 다른 부분에서는 엄청 꼼꼼하면서 금전감각
은 진짜 없더라."

이안이 한마디 덧붙였다.

"그러니까 돈을 못 모으잖아."

"……."

세 사람은 투닥거렸지만, 만면에는 웃음이 가득해 있었다.

원래 남이 떨군 아이템을 쓸어 담을 때가 가장 행복한 법.

게다가 어부지리로 사냥한 발록마저도 괜찮은 아이템을
제법 떨궜기 때문에, 세 사람은 덩실덩실 춤이라도 출 기세
였다.

"이안 형, 발록도 제법 템 많이 떨궜네! 전설 등급 부츠도
하나 있어!"

"오 그래? 좋은데?"

"엇, 그리고 발록의 심장도 완제로 두 개나 떨어져 있네.
이건 어디다 써야 하지?"

"훈이 네가 일단 다 주워 놔. 정산은 퀘스트 다 끝나고 하
자고."

"오케이, 알겠어!"

원래 몬스터가 드롭한 아이템은, PK로 드롭된 아이템과
달리 유저마다 따로 자신의 몫을 획득하게 되어 있다.

예를 들어 발록이 죽어서 사체가 되어 쓰러지면, 세 사람이 따로따로 자신의 몫으로 드롭된 아이템을 수거해야 하는 방식인 것이다.

하지만 지금 이안의 파티는 수확해야 될 아이템이 너무 많은 관계로, 아이템 획득 옵션을 파티 공유로 풀어 놓은 상태였다.

"나 드롭된 템 모조리 다 기억하고 있으니까, 밑장 뺄 생각은 하지 말고."

이안의 섬뜩한 협박에, 아이템을 줍던 훈이가 살짝 움찔했다.

"내가 속일 사람이 없어서 귀신같은 형을 속이겠냐?"

발록의 심장이라는 가장 큰 산을 넘은 이안 일행은, 그대로 쉬지 않고 '그림자 깃털'을 얻기 위해 움직였다.

시간이 얼마 남지 않았기 때문이었다.

'이제 진짜 하루도 채 안 남았어. 빨리 움직여야 해.'

덕분에 또 수면 시간은 스킵하게 되었지만, 이안은 그 어느 때보다도 의욕이 넘치는 상태였다.

이제 정말 퀘스트의 끝이 보이고 있었고, 이 퀘스트만 끝나고 나면 한 20시간 정도 푹 늘어져 잘 수 있으니까.

―마계 19구역으로 입장합니다.

이안 일행은 거의 2~3시간 만에 15구역부터 19구역까지를 주파하는 데 성공했다.

이것은 필드에 돌아다니는 마수들을 거의 무시하고 달렸기 때문에 가능했던 속도였다.

그리고 19구역에 도착한 그들은, 동남쪽으로 방향을 잡고 계속 달렸다.

그림자 깃털을 드롭하는 괴조 '샤켈리크의 둥지'가 19구역의 동남쪽 끝에 자리하고 있기 때문이었다.

그렇게 삼십분 정도가 더 지났을까?

"좌표상으로는 이쯤이었던 것 같은데……."

세 사람은 세르비안에게 받아 두었던 샤켈리크 둥지의 좌표에 도달할 수 있었고, 어렵지 않게 던전을 찾아내었다.

까악― 까악―.

까마귀의 울음소리를 연상케 하는 스산한 소리가 허공에 여기저기 울려 퍼졌다.

하지만 그것은, 까마귀의 울음소리라기에는 너무도 거칠고 커다란 괴성이었다.

그리고 이안 일행은, 그것이 괴조 샤켈리크의 울음소리라는 것을 짐작할 수 있었다.

"10분 쉬고 바로 공략하자."

"10분? 그럼 나 스킬 재사용 대기 시간 다 안 돌아오는

데?"

"상관없어. 카카랑 어둠의 보주가 알아서 캐리해 줄 거니까."

샤켈리크는 어둠의 마수다.

그리고 어둠의 마수가 무서운 가장 큰 이유는, 은신능력과 강력한 공격력이었다.

한데 이안 일행이 가지고 있는 어둠의 보주는, 어둠 소환수의 이러한 장점을 완벽히 무력화시키는 아티팩트였다.

어둠의 보주는 기본적으로 범위 디텍팅 능력이 있는 데다, 모든 어둠 속성의 피해를 20퍼센트만큼이나 감소시켜 준다.

거기에 추가로, 어둠속성의 적에 한정하여 30퍼센트의 추가 피해도 입힐 수 있게 해 주니, 이 어둠의 보주 하나로 샤켈리크의 손발을 다 자르는 것과 마찬가지의 효과를 볼 수 있는 것이다.

'거기에 카카의 고유 능력까지 발동시켜, 추가로 어둠 속성 피해가 50퍼센트만큼 감소된다면 그야말로 땅 짚고 헤엄치는 격이지 뭐.'

그렇기에 이안은 자신이 있었다.

오히려 정비할 시간을 아껴서 조금이라도 빨리 깃털을 다 모은 뒤, 샤켈리크 포획을 시도해야만 했다.

이 퀘스트가 끝나는 순간 어둠의 보주는 사라질 것이고, 그럼 다시는 어둠의 마수를 포획할 기회가 없어지게 되기 때문이었다.

"카카, 고유 능력 발동시킬 준비는 하고 있지?"

"그렇다, 주인아."

"그리고 그 전에 해 줘야 할 일이 또 있어."

"내가 해야 할 일?"

카카의 반문에 이안이 씨익 웃으며 고개를 끄덕였다.

"응. 네가 아니면 할 수 없는 일."

카카는 왠지 모를 불안감에 날개를 부르르 떨었다.

"정말 나 말고는 할 수 없을 일일까, 주인아?"

"응."

이안은 단호하게 대답했다.

끼아아오―!

기괴한 괴조의 울음소리가, 던전 내부에 정신없이 울려 퍼졌다.

대충 듣기에도 십수 마리는 되어 보이는 샤켈리크의 울음소리.

그리고 그 울음소리들 사이로, 간간히 정체를 알 수 없는 안타까운 괴성도 울려 퍼졌다.

퍽― 퍼퍽―!

끄아아악-!

멀찍이서 그 소리를 듣던 훈이가 몸을 부르르 떨며 이안에게 물었다.

"정말 괜찮을까, 형?"

이안이 고개를 끄덕이며 대답했다.

"물론이지. 저기에 신성 피해를 입힐 수 있는 마수는 존재하지 않는다고."

"아니, 그렇기는 한데…… 그래도 지난번에 보니까, 베히모스 꼬리에 치여서 몇 미터씩 튕겨 나가고 그러기도 하던데?"

"그래? 그래도 생명력은 안 닳았잖아."

"그렇긴 한데…… 아파 보였다고."

이안이 뒷머리를 긁적이며 대답했다.

"뭐, 죽지만 않으면 괜찮은 거 아닐까?"

"……."

이안이 카카에게 맡긴 임무는 다른 것이 아니었다.

이 던전 안에 있는 모든 샤켈리크들을, 샅샅이 찾아내라는 것.

그리고 그 임무는, 정말 카카만이 할 수 있는 것이었다.

카카는 신성속성의 공격만 아니라면 그 어떤 공격을 받아도 생명력이 닳지 않는, 특수한 고유 능력을 가지고 있다.

이안은 카카의 그 엄청난 탱킹 능력을 바탕으로, 최고 효율의 사냥을 계획해 놓은 상태였다.

그의 계획대로 착착 굴러가기만 한다면, 앞으로 스무 시간 안에, 던전 안에 있는 모든 샤켈리크들을 전부 사냥하는 것도 충분히 가능했다.

정확히 말하자면, 사냥 또는 포획이랄까?

'한 열 마리 정도 남을 때까지 미친 듯이 사냥하고, 그 때부터 포획을 시작하면 되겠지.'

덕분에 지금 카카는, 스무 마리도 넘는 샤켈리크들에게 쫓기고 있었다.

던전을 구석구석 들쑤시며 다니고 있으니, 이것은 어쩌면 당연한 수순이었다.

오히려 카카가 활개치고 다닌 것을 생각한다면, 스무 마리도 적은 편이었다.

그나마 카일란에는 먹을 수 있는 어그로의 최대치가 정해져 있었기 때문에, 더 많은 샤켈리크들이 쫓아올 수 있는 상황이었음에도 오지 않았던 것이라 할 수 있었다.

그리고 쫓기고 있다는 표현은, 사실 조금 부적절했다.

샤켈리크들의 이동속도는 카카의 이동속도보다 최소 다섯 배 정도는 빨랐고, 카카는 계속해서 얻어맞으며 열심히 날갯짓을 하고 있었으니까.

퍽— 퍼퍽—!

멀리서 안쓰러운 타격음이 들려왔다.

그에 이안도 일말의 죄책감이 생겼는지, 걸음을 재촉하기 시작했다.

"자, 이제 우리도 슬슬 카카를 도와주러 가 보자고."

이번에는 카노엘이 물었다.

"정말…… 괜찮을까, 형?"

"카카 말하는 거면 괜찮다니까?"

이안의 반문에, 카노엘이 고개를 저으며 대답했다.

"아니, 카카 말고 우리. 아무리 어둠의 보주에 카카의 고유 능력까지 중첩시킨다고는 해도, 전설 등급의 마수를 몰이사냥 한다는 건 좀 무리수 아닐까?"

이안이 피식 웃으며 창대를 고쳐 쥐었다.

이안의 계산상으로 이 계획은 절대로 무리수가 아니었으니까.

샤켈리크들의 레벨이 만약 400에 가깝다고 하더라도, 모든 디버프가 적용되면 거의 150~200레벨 수준의 마수나 마찬가지로 전락해 버리고 만다.

그렇기 때문에 오히려 이안은, 베히모스나 발록을 상대할 때보다 샤켈리크 몰이사냥이 훨씬 더 쉬울 것이라고 생각했다.

"걱정일랑 붙들어 매라고. 아주 쾌적하고 효율적인 사냥을 보여 줄 테니까 말이야."

그리고 카일란 역사상 최초로, 전설 등급 마수 몰이사냥이 시작되었다.

마계 120구역의 동쪽 끝.

광활한 마계의 평야에, 다크루나의 길드 거점이 모습을 드러내고 있었다.

하지만 마계의 길드 거점은 생기기 시작한 지 얼마 되지 않았기 때문에, 인간계의 영지들과 비교하면 무척이나 볼품 없는 수준이었다.

그나마 인간계의 영지들에 비해 나은 점을 하나 찾자면, 엄청난 거점의 넓이였다.

애초에 주인 없는 땅이 너무 많았기에, 거점의 넓이만큼은 인간족 유저들의 영지보다도 훨씬 넓었던 것이다.

그리고 영지 거점의 중앙에 있는 길드 광장에는, 무려 백 명에 가까운 다크루나 길드원들이 모여 있었다.

게다가 시간이 지날수록, 그 숫자는 점점 더 불어났다.

그들의 마스터인 이라한이, 자신의 부활시간에 맞춰 전부 모여 있으라고 지시했기 때문이었다.

모든 길드원들이 전부 모인 지 십여 분 정도가 지났을까?

위이잉-.

길드 광장의 중앙에서 새하얀 빛이 일어나며 이라한이 소환되었다.

그에 모든 길드원이 우렁찬 목소리로 입을 열었다.

"마스터를 뵙습니다!"

하지만 이라한은 가볍게 고개만을 까닥여 보인 뒤 곧바로 단상에 올라섰다.

지금 그는 심기가 매우 불편했다.

으드득―!

좌중을 한차례 둘러본 이라한이 이빨이 으스러지도록 이를 갈았다.

'호왕 길드 놈들, 감히 이렇게 내 뒤통수를 쳐?'

사망 페널티 때문에 접속이 막혀 있던 동안, 이라한은 길드 수뇌부 몇몇을 시켜 '라이자르'라는 인물을 수소문해 보았다.

그리고 역시나 호왕 길드의 길드원 중, '라이자르'라는 아이디를 쓰는 인물이 있는 것이 아닌가.

'분명 라이자르라고 했어. 그 이상한 뿍뿍 소리를 내던 녀석.'

이라한은 분노했다.

마틴 녀석이 이렇게 자신의 뒤통수를 칠 줄은 생각도 못했던 것이다.

그리고 오늘 이렇게 모든 길드원들을 모집한 이유가, 바로 거기에 있었다.

척―!

하늘 높이 검을 뽑아든 이라한이, 분노한 목소리로 길드원들을 향해 소리쳤다.

"앞으로 정확히 사흘 뒤, 호왕 길드에 길드전을 신청한다!"

그리고 그것은, 마계에서 벌어진 최초의 길드전이 되었다.

수많은 학생들이 쏟아져 나오는 한국대학교의 정문.

가장 귀가하는 학생이 많은 시간대인 오후 5시여서 그런지, 정문 앞에는 사람이 바글바글했다.

"야, 영준아, 오늘 수업 끝나고 치맥 콜?"

"아니, 오늘은 안 되겠는데."

"이야, 김영준, 네가 치맥을 다 거절하고 어쩐 일이냐?"

영준과 철호, 두 사람은 한국대학교의 경영학과에 올해 입학한 새내기들이었다.

그리고 영준은 과내에서도 치킨 킬러라고 유명할 정도로 치킨을 사랑하는 녀석이었는데, 방과 후 치맥을 거절하니 철호가 놀란 것이다.

영준이 씨익 웃으며 대답했다.

"어쩐 일이긴, 나 오늘 직관하러 가는 날이거든."

"직관? 무슨 직관? 야구 경기 말하는 건가? 너 야구 안 보잖아."

"아니, 야구 경기 말고, 카일란 영지전 직관하러 간다고."

영준의 대답에, 철호가 고개를 절레절레 저으며 대답했다.

"어휴, 이 겜덕아. 카일란 영지전 직관이야 그냥 아무 때나 가면 되는 거잖아. 오늘은 그냥 치맥 먹으러 가자. 나 엄청 당기는 날이란 말이야."

하지만 철호의 꼬드김에도 영준은 무척이나 완고했다.

"무슨 소리! 이게 일반 영지전이면 아무 때나 가도 되는 게 맞겠지만, 무려 로터스 길드 대 이루스 길드 영지전이라고."

그에 철호가 의아한 표정을 지었다.

"로터스? 이루스? 그 길드들이 무슨 특별한 길드라도 되는 거야? 아, 그러고 보니 로터스는 들어 본 것도 같다."

철호도 카일란을 플레이하기는 했지만, 게임을 시작한 지 얼마 되지 않은 초짜 유저였다.

게다가 하루에 한 시간 정도만을 플레이하는 라이트 유저였기 때문에, 카일란의 정세에 대해서는 잘 모르는 것이었다.

영준이 답답하다는 듯 설명을 시작했다.

"너 카일란 공식 홈페이지 안 들어가 봤어?"

"아니, 들어가 보기야 했지. 근데 안 들어간 지 한 달도 넘은 것 같긴 하네. 레벨 10이 넘고 나서는 들어가 본 적이 없는 것 같으니까."

영준이 다시 한숨을 푹 쉬었다.

"어휴, 그러니까 모르지. 요즘 로터스 길드 때문에 카일란 전체가 난리라고."

"무슨 난리?"

"로터스 길드가 루스펠 소속 랭커 길드 열두 군데에 한 번에 영지전을 다 선포했고, 오늘이 그 일곱 번째 영지전이 있는 날이야."

하지만 그 의미가 정확히 와 닿지 않는지, 철호는 의아한 표정으로 다시 반문했다.

"그래? 근데 어떻게 영지전을 연속으로 계속할 수 있는 거야? 원래 영지전 한 번 끝나면 못해도 일주일 정도는 정비해야 하는 거라며."

영준은 주먹을 불끈 쥐며 몽롱한 표정으로 말을 이었다.

"그러니까 엄청난 거지. 로터스는 지금까지 6연승을 하면서 제법 병력 피해를 입었는데도, 쉬지 않고 계속 영지전을 강행하고 있어. 비축해 놓은 병력이 계속 있다는 소리야."

"오오!"

"생각해 봐. 최상위에 랭크되어 있는 길드들을 연속으로 상대하면서도, 로터스 길드는 아직 한 번도 안 졌어. 게다가 일반 길드전도 아니고 무려 영지전이야. 이제 좀 감이 와?"

그러자 이제는 철호도 제법 놀란 눈치였다.

"그런데 그게 가능한 거야? 로터스 길드 내가 기억하기로 랭킹 1위 길드도 아니었던 것 같은데?"

영준이 고개를 끄덕였다.

"맞아, 그랬었지, 하지만 이제 이번 영지전 다 끝나고 나면 아마 부동의 랭킹 1위가 될 거야. 길드 포인트로 타이탄 길드까지도 압도적으로 따돌릴 거라는 예측이 많다고."

"크으, 진짜 엄청나네. 영준이 네가 치킨을 포기할 만하 군."

"그렇지? 그러니까 난 이제 직관 하러 간다!"

걸음을 돌려 버스정류장으로 향하는 영준을, 철호가 다급 히 붙잡았다.

"야, 그럼 나도 집 가서 게임 접속해서 직관 갈래. 어디로 가면 돼?"

철호의 물음에 영준이 고개를 절레절레 저으며 대답했다.

"노노 너 지금 접속해 봐야 직관 못 가. 미리 예약해 놨어 야 한다고."

"에? 영지전 직관에 예약 같은 것도 있었어?"

"아니, 원래는 없었는데 이번 로터스 길드의 영지전은 사 람이 하도 많이 몰려서, 예약제를 만들었더라고 하더라고. 두 번째인가 세 번째 영지전 때 접속하는 사람 전부 다 수용 했다가 영지전 서버 터질 뻔했다고 하더라."

그에 철호가 입맛을 다셨다.

"쩝, 그럼 어쩔 수 없지 뭐. 난 집에 가서 치킨이나 시켜 먹으면서 텔레비전으로 봐야겠다."

그리고 철호는 문득 뭔가 생각났는지 다시 말했다.

"아, 참. 영준아."

"응?"

"소환술사 이안이 로터스 길드 소속이었지?"

그에 영준이 고개를 끄덕이며 대답했다.

"그렇지. 넌 소환술사 한다는 녀석이 그것도 정확히 몰랐냐? 소환술사들 사이에서 거의 신적인 존재가 이안 느님인데."

"얌마, 난 원래 게임해도 혼자 노는 거 좋아하잖냐. 이안이 대단하다는 거야 나도 알지만, 별로 관심은 없었어."

영준이 고개를 절레절레 저었다.

"그러니까 아직도 레벨이 40대인 거야, 인마. 이안 플레이좀 봐라. 그래야 컨트롤도 좀 늘고 하지."

"어쨌든, 그래서 말인데, 오늘 영지전 틀면 이안 전투 영상도 볼 수 있는 거야?"

그 말을 들은 영준의 표정이 순간 시무룩해졌다.

"모르겠어. 사실 세 번째 영지전 할 때부터, 커뮤니티에서는 이제 이안 등장할 때 됐다고 난리였거든. 그런데 지난번까지는 아직 한 번도 안 등장했어."

철호는 의아한 표정이 되었다.

"그래? 이안은 자기네 길드 영지전 하는데 왜 코빼기도 안 비추는 거야? 역시 소환술사라서 영지전에 별로 도움이 안 되는 건가?"

철호의 말에 영준이 어이없다는 표정을 지으며 대답했다.

"너 어디 가서 그런 무식한 소리 하지 마라."

"엥? 뭐가 무식해? 원래 소환술사가 PVP에 약하다는 건 정설이잖아."

영준이 고개를 절레절레 저었다.

"그건 일반 소환술사한테나 해당되는 말이고, 이안 개한 텐 해당사항 없어."

"그래? 그 정도로 대단해 이안이?"

"당연하지. 오죽 대단한 인물이면 랭커들에 관심 전혀 없는 네가 이름까지 알고 있겠냐."

철호는 영준의 말을 곧바로 수긍했다.

"하긴 그건 그래. 내가 이름 알 정도면 엄청 유명한 거긴 하지."

영준이 스마트 폰으로 카일란 관련 기사들을 검색하며 한숨을 푹 내쉬었다.

"하아, 직관 어렵게 예약했는데 오늘은 이안 볼 수 있었으면 좋겠다."

두 사람은 대화를 나누며 버스정류장으로 향했다.

둘의 집은 같은 방향이었기에, 둘 다 집으로 향하는 것이라면 같이 버스를 타야 했기 때문이었다.

그리고 정류장에 도착한 지 3분 정도가 지나자, 금방 버스가 왔다.

삑-.

카드를 찍고 의자에 앉은 철호가 옆에 와 앉는 영준을 향해 물었다.

　"야, 근데 너 그거 들었냐?"

　"뭐?"

　"이안 얘기해서 문득 생각난 건데, 내가 며칠 전에 영우 선배한테 얘기를 하나 들었거든."

　"무슨 얘기?"

　"이안이 사실은 우리 학교 재학생이라는 얘기."

　철호의 말에 영준이 피식 웃으며 대답했다.

　"아, 그거 되게 옛날부터 있던 얘기였어."

　"그래? 그럼 그거 그냥 루머야?"

　"모르겠어. 선배들 중에는 이안 봤다는 사람도 많긴 한데, 작년 학교 축제 E스포츠 경기에 나왔었다는 얘기도 있고. 그런데 나는 루머일 거라고 봐."

　철호가 의아한 표정을 지으며 물었다.

　"왜?"

　"내 고등학교 동창 중에 이안이 다닌다는 가상현실과에 입학한 친구가 있거든?"

　"오오, 그래?"

　"응. 근데 벌써 개강한 지가 몇 개월이 지났는데, 그런 선배는 한 번도 본 적 없대."

　"아, 하긴…… 출석 체크라도 하러 학교 왔으면 한 번은 봤을 텐데 아직까지 못 본거면 루머일 가능성이 높네."

두 사람은 그 뒤로도, 두런두런 카일란에 대한 얘기를 계속했다.

그리고 그런 두 사람의 뒷좌석에, 후드 모자를 꾹 눌러 쓴 채로 꾸벅꾸벅 졸고 있는 인물이 하나 있었다.

그의 이름은, 다름 아닌 박진성이었다.

덜컹-.

터덜터덜 걸어와 집 문을 연 진성은, 대충 겉옷을 벗고 곧바로 침대에 누웠다.

"으아아, 이젠 좀 자야겠어."

온몸에는 힘이 하나도 없었지만, 그의 표정만큼은 무척이나 만족스러워 보였다.

그도 그럴 것이 오늘 아침에 퀘스트도 완벽히 끝냈을 뿐 아니라, 퀘스트가 끝나자마자 학교에 들러 출석 처리도 성공적으로 완수했기 때문이었다.

뭔가 아귀가 딱딱 맞아떨어지고 계획적인 인생을 살고 있는 것 같아서 기분이 좋았다.

진성은 침대에 누워서, 앞으로의 계획을 생각해 보았다.

'샤켈리크도 다섯 마리나 포획했고, 사냥해서 획득한 영혼

석 다 모으면 그걸로 소환할 수 있는 샤켈리크도 추가로 일곱 마리는 더 되겠지?'

카카를 이용한 샤켈리크 몰이사냥은 무척이나 성공적이었고, 이안 파티는 고작 10시간 만에 수십 마리나 되는 샤켈리크들을 사냥하는 데 성공했다.

너무 피곤한 관계로 획득한 아이템들은 제대로 확인하지 못한 채 로그아웃했지만, 가장 중요한 영혼석과 같은 아이템들은 대충 기억하고 있었다.

'자고 일어나서 접속하면, 드디어 마수 연성술을 10레벨 찍을 수 있겠군.'

샤켈리크 둥지 학살을 통해, 이안이 얻게 된 샤켈리크는 총 열두 마리.

지금 이안의 마수 연성술은 9레벨 끝자락에서 정체되어 있었는데, 이제는 상급이나 최상급 마수를 연성해도 숙련도가 잘 오르지 않았다.

그러나 전설 등급의 마수들을 연성한다면 얘기가 다를 것이었다.

마수 연성은 성공과 실패에 관계없이 한 번 할 때마다 마수가 한 마리씩 소모되는 시스템이니, 열두 마리의 샤켈리크라면 총 열한 번의 전설 등급 마수 연성을 할 수 있게 되는 것이다.

그리고 그 정도라면 충분히 마수연성 10레벨에 들어설 수 있으리라.

'그러고 나면, 이제 타르베로스를 분해하는 작업을 해야겠지.'

지금 이안의 인벤토리에는 총 800개의 타르베로스 영혼석들이 고이 모셔져 있었다.

그것은 총 네 마리의 타르베로스를 소환할 수 있는 양이었고, 이안은 소환된 타르베로스를 마수 연성에 쓰는 대신 계속해서 분해할 예정이었다.

타르베로스도 전설의 마수이긴 했지만, 고유 능력을 제외하면 다른 전설 마수들에 비해 능력치가 떨어지는 녀석이기 때문이었다.

이안이 이 타르베로스 영혼석으로 얻고 싶은 것은, 오직 '능력석' 한 가지였다.

그리고 네 마리쯤 분해하면, 운이 나쁘지 않을 경우 능력석 하나 정도는 얻을 수 있으리라.

'좋아, 계획대로 차근차근 잘 되어 가고 있어!'

머릿속에서 정리가 끝난 진성은, 이제 정말 잠에 들기 위해 이불 속에 들어가 에어컨을 틀었다.

서늘한 가운데 이불을 덮고 자는 것만큼 꿀잠을 잘 수 있는 환경도 없었으니까.

그런데 마지막으로 잠에 빠지기 전, 진성의 뇌리를 스쳐가는 게 하나 있었다.

'아, 맞다. 그 퓨전 스킬이라는 것도 있었는데…… . 그건 대체 뭘까?'

데이드몬의 신탁 퀘스트를 완료하고 나서 훈이와 진성은 어둠의 소환술 스킬 북을 각각 하나씩 획득했다.

그리고 그것을 획득하는 순간 생성되었던 시스템 메시지 한 줄이 문득 기억났던 것이다.

–최초로 '직업 퓨전 스킬'을 획득하셨습니다.
–명성을 20만만큼 획득합니다.

'명성도 20만이나 줬던 걸로 봐선 제법 중요한 콘텐츠일 것 같은데…… .'

하지만 진성의 생각은 더 이어질 수 없었다.

몰려오는 수마를 더 이상 감당할 수 없었던 것이다.

"푸우우."

우렁차게 코까지 골며, 진성은 그대로 꿀맛 같은 단잠에 빠져들었다.

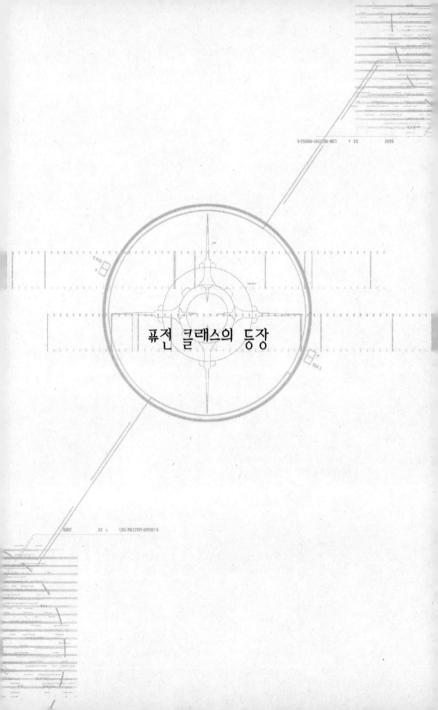

퓨전 클래스의 등장

Taming
Master

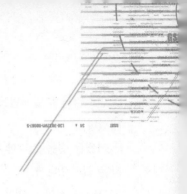

위이잉-.

단잠에 빠져 있던 진성은, 스마트폰이 진동하는 소리에 슬며시 눈을 떴다.

"으으, 아침부터 누구야……."

진성이 눈을 뜬 시각은, 정말로 이른 아침이었다.

눈을 돌려 시계를 확인하니, 무려 아침 7시였던 것이다.

하지만 잠에 든 시각이 전날 오후 6시 정도였다는 것을 생각한다면, 충분히 많은 시간을 숙면한 것이기도 했다.

진성은 투덜거리며 몸을 일으켜, 스마트폰을 집어 들었다.

"으, 오늘은 정말 20시간 채워서 자려고 했는데, 무려 일곱 시간이나 일찍 깨어 버렸잖아?"

흰소리를 투덜대던 진성은 **뻑뻑한** 눈을 비벼 눈곱을 떼어 내었다.

어쨌든 진동 소리에 잠이 달아나 버린 이상, 다시 누울 생각은 없었으니까.

그리고 정말 숙면을 취한 덕분인지, 몸도 무척이나 개운했다.

'그나저나 이 아침부터 누가 메시지를 보낸 거지? 하린이가 이렇게 일찍 일어났을 리는 없는데……'

하린이는 진성이 아는 모든 지인들 중에 잠이 가장 많았다.

'유현이나 피올란 님도 아닐 거고. 누구지?'

그리고 메시지를 확인한 진성은, 의아한 표정이 될 수밖에 없었다.

–훈이 : 형, 일어났어? 빨리 좀 들어와 봐! 아주 급한 일이야! 빨리 빨리!

평소에 메시지를 보내는 일이 거의 없는 훈이가 진성을 다급히 부르고 있었기 때문이었다.

'뭐지? 이제 퀘스트도 다 끝났는데 뭐 이렇게 다급한 거야? 아주 급한 일이라고?'

속으로 투덜대기는 했지만, 이안은 곧바로 침대에서 일어났다.

씻고 토스트를 대충 구워먹은 뒤, 곧바로 접속할 생각이었다.

"야, 일찍 일어났네?"

낯익은 목소리에, 뭔가에 열중해 있던 훈이가 고개를 돌렸다.

그리고 멀찍이서 걸어오는 이안을 발견한 그는 다급히 뛰어와서 그의 팔을 끌어당겼다.

"형, 접속하는 데 왜 이렇게 오래 걸려."

이안은 어리둥절한 표정으로 되물었다.

"야, 방금 일어났는데 씻고 뭐하고 이 정도면 엄청 빨리 접속한 거지. 그러는 넌 아침 댓바람부터 접속해서 뭐하는 거냐?"

훈이는 그에 대한 대답 대신, 이안을 다시 재촉했다.

"형 어제 얻은 스킬 북 있지?"

"뭐? 어둠의 소환술 스킬 북?"

훈이가 끄덕이며 재빨리 대답했다.

"일단 그거부터 빨리 오픈해 봐, 어서!"

이안은 훈이의 성화에 못 이겨 인벤토리를 열었다.

'퓨전 스킬'이라는 얘기에 그렇지 않아도 궁금하던 참이었는데, 훈이가 이렇게 극성을 피우니 더욱 궁금해졌다.

'여기 있네. 퓨전 스킬이라고는 해도 스킬 등급이 일반 등급밖에 안 되는데, 뭐 대단한 능력이 있는 건가?'

이안은 스킬 북을 오픈했다.

그러자 이안의 눈앞에 시스템 메시지가 떠올랐다.

띠링-.

-'퓨전 스킬'을 처음으로 습득하셨습니다.

-스킬 목록에 '퓨전 스킬' 메뉴가 추가됩니다.

-'어둠의 소환술' 스킬이 스킬 목록에 생성되었습니다.

이안은 곧바로 스킬 창을 열어 보았다.

그리고 두 눈에 살짝 이채가 어렸다.

"어? 이거 그냥 일반 스킬인 줄 알았는데, 아예 대분류 스킬이네?"

옆에 있던 훈이가 씨익 웃으며 말했다.

"얼른 스킬 정보 오픈해 봐. 더 놀랄걸?"

이안은 별생각 없이, '어둠의 소환술' 스킬 정보 창을 오픈했다.

아니, 오픈하려 했다.

-'어둠의 소환술' 스킬은 봉인된 스킬입니다. 스킬을 사용하기 위해서는 봉인을 해제해야 합니다.

이안은 어리둥절한 표정이 되었다.

'봉인……이라고?'

하지만 메시지는 거기서 끝이 아니었다.

―봉인 해제를 위해서는 '흑마법사' 클래스의 '어둠의 인장'이 필요합니다.

이안의 시선이 자동으로 옆에 있던 훈이를 향해 움직였다.

훈이가 바로, 현존하는 흑마법사 유저들 중 랭킹 1위의 유저였으니까.

훈이와 눈이 마주친 이안이 물었다.

"훈이, 너 어둠의 인장이라는 거 있어?"

"응, 물론이지. 형은 어떻게 됐는지 모르겠지만, 난 스킬북 오픈하자마자 어둠의 인장이라는 스킬이 생기더라고."

"오호?"

"그리고 그 어둠의 인장을, '어둠의 소환술'을 익힌 소환술사에게 사용하라네."

그제야 이안은 훈이가 자신을 그렇게도 찾던 이유를 깨달을 수 있었다.

"그래서 아침부터 날 찾았던 거였군?"

"헤헤, 맞아. 형이 있어야 이 퓨전 스킬인지 뭔지를 써 볼 수 있으니까. 근데 형도 궁금하지 않아?"

이안은 순순히 고개를 끄덕였다.

이제는 이 퓨전 스킬이라는 것의 의미를 대충 깨달은 상태였고, 덕분에 흥미가 더욱 커졌기 때문이었다.

"자, 각설하고, 그 어둠의 인장인지 뭔지 한번 시전해 봐."

"알겠어!"

훈이는 완드를 들며 어둠의 인장 스킬을 시전했다.

그리고 그 순간, 허공에 기이한 문양이 생성되더니 어두운 그림자가 불쑥 튀어나왔다.

"……!"

이안은 조금 당황했는지 놀란 표정이었고, 허공에 나타난 그 그림자의 입에서 놀랍게도 거친 중저음의 목소리가 흘러나왔다.

-태초부터 이어져 온 어둠의 원혼이, 그대들의 영혼을 잇는 징검다리가 되어 줄 것이나니.

후우웅-!

그림자를 중심으로, 허공에서 묵직한 공명음이 울려 퍼졌다.

그리고 이안의 눈앞에 시스템 메시지가 연신 떠오르기 시작했다.

띠링.

-흑마법사 '간지훈이' 유저가 당신에게 어둠의 맹약을 제안합니다.

-'어둠의 맹약'이 성사된다면 앞으로 두 사람의 위치가 서로에게 공유되며, '영혼소환술' 스킬이 개방됩니다.

-'어둠의 맹약'의 효력은, 계약을 해지하기 전까지 계속해서 지속되며, 그 동안은 다른 흑마법사와 어둠의 맹약을 맺을 수 없습니다.

-'어둠의 맹약'을 받아들이시겠습니까? (Y/N)

이안은 잠시 멈칫했지만, 딱히 받아들이지 않을 이유가 없었기에 고개를 끄덕였다.

"받아들인다."

그리고 그 순간, 어둠의 기운이 이안의 오른손을 빨려 들어가기 시작했다.

휘이이잉-!

이안의 시선은 자동으로 오른팔을 향했고, 그의 두 눈은 살짝 커졌다.

"어어?"

어두운 기운을 빨아들인 오른팔에, 검보랏빛의 알 수 없는 문양이 새겨진 것이다.

그리고 메시지가 이어졌다.

띠링-.

-'어둠의 인장'을 획득하셨습니다.

-흑마법사 '간지훈이'유저와의 '어둠의 맹약'이 성사되었습니다.

-퓨전 클래스, '어둠의 소환술사'로 전직합니다.

-퓨전 클래스는, 듀얼 클래스와 마찬가지로 기존의 '소환술사(테이밍 마스터)'클래스와 별개의 클래스이며, 상호간에 영향을 주지 않습니다.

-보유하고 있던 퓨전 스킬, '어둠 소환술'의 봉인이 해제됩니다.

-이제부터 '어둠의 소환수'를 포획하거나 소환할 수 있게 됩니다.

-'어둠의 소환술사' 클래스가 활성화되어, 하부 스킬로 '영혼 소환술(퓨전 스킬)' 스킬이 등록됩니다.

-'어둠의 소환술사' 클래스가 활성화되어, 하부 스킬로 '어둠 소환술

'(퓨전 스킬)' 스킬이 등록됩니다.

　-'어둠의 소환술사' 클래스가 활성화되어, 하부 스킬로 '어둠의 속박' 스킬이 생성됩니다.

　이안은 계속해서 이어지는 메시지들을 꼼꼼히 읽어 봤다.

　그리고 자연스레, 가지고 있던 클래스들을 떠올리게 되었다.

　'듀얼 클래스로 끝인 줄 알았는데, 또 얻을 수 있는 클래스가 있었다니…….'

　이안은 '소환마(마수 연성술사)'라는 이름의 듀얼 클래스를 가지고 있었다.

　그런데 의도치 않았음에도, 새로운 클래스를 또 얻게 된 것이다.

　게다가 기존의 클래스들에게 미치는 영향도 없었으니, 나쁠 것이 전혀 없었다.

　이안의 입꼬리가 슬쩍 말려 올라갔다.

　"이거 진짜 재밌는데?"

　훈이가 고개를 끄덕이며 동의했다.

　"나도 그렇게 생각해."

　그리고 이 새로운 클래스가 개방되면서, 그동안 가지고 있었던 의문점도 하나 풀리게 되었다.

　'어둠의 소환수를 다루기 위한 열쇠가 바로 이거였군.'

　어둠의 소환수는 아무리 마기가 높고 친화력이 좋아도 포획되지 않는다.

이안은 처음 퀘스트를 받고 데이드몬의 신전을 나섰을 때 그 주변에 서식하는 어둠의 마수를 포획해 보려 했던 적이 있었다.

하지만 역시나, 잡을 수 없었다.

'어둠의 소환수는 포획할 수 없습니다.'라는 메시지만 계속해서 떠올랐던 것이다.

그리고 이번에 퀘스트 때문에 사냥했던 전설 등급의 마수 '샤켈리크'도 어둠의 마수였다.

원래대로라면 당연히 포획이 불가능했을 마수.

하지만 이안은, '어둠의 보주' 덕에 무려 네 마리나 포획할 수 있었다.

'어둠의 보주가 그 열쇠인 줄 알았는데, 이렇게 근본적인 해결책이 따로 있었네.'

어둠의 소환수는, 어둠의 소환술사가 되어야만 다룰 수 있는 소환수였던 것이다.

어둠의 소환술사라는 클래스에 대해 대충 정리가 끝난 이안은 이제 스킬들을 살펴보기 시작했다.

'그럼 퓨전 스킬이라는 건, 두 명의 다른 직업을 가진 유저가 연계해서 사용해야 하는 스킬 같은 건가?'

클래스가 오픈되며 새로 생긴 스킬은 세 개였다.

퓨전 스킬 두 개와, 일반 스킬 한 개.

이 스킬들을 전부 살펴보려면 시간이 좀 걸릴 것 같았다.

그리고 그중에서도, 이안은 퓨전 스킬들이 어떤 식으로 발동되는 스킬일지가 가장 궁금했다.

이것은 완전히 처음 보는 것이었기 때문에, 감도 잘 잡히지 않았던 것이다.

그런데 그때, 이안과 훈이의 눈앞에 새로운 시스템 메시지가 떠올랐다.

그리고 그것은 일반 메시지가 아닌, 카일란을 플레이 중인 모든 유저들에게 나타나는 월드 메시지였다.

띠링-!

-유저 '이안'과 '간지훈이'에 의해 최초로 '어둠의 소환술'의 봉인이 해제되었습니다.

-닫혀 있던 차원의 결계가 오픈됩니다.

-이제부터 '인간계'에도 어둠의 소환수가 등장합니다.

"뭐지, 이건? 좋은 건가?"

메시지를 읽은 훈이의 중얼거림에, 이안이 대답했다.

"글쎄, 마수가 아닌 일반 소환수들 중에도 어둠의 소환수의 개체가 나타난다는 이야기인 것 같은데?"

그런데 월드 메시지가 또 다시 울려 퍼지기 시작했다.

-숨겨져 있던 퓨전 클래스의 비밀이 오픈되어, '흑마법사'클래스와 '소환술사'클래스의 퓨전클래스인 '어둠의 소환술사' 클래스가 오픈됩니다.

-이제부터 '대영지'이상의 도시에, '어둠의 소환술사' 클래스로 전직

할 수 있는 전직소를 건설할 수 있게 됩니다.

　-차원계에 숨겨진 퓨전 클래스의 비밀이 최초로 발견되었습니다.

　-현재까지 발견된 퓨전 클래스 (1/???)

　이안과 훈이는 놀란 표정이 되었다.

　이 퀘스트가 카일란 전체에 이렇게까지 큰 영향을 미치리라고는 생각지도 못했었기 때문이었다.

　하지만 월드메시지를 확인한 수많은 다른 유저들은, 두 사람이 놀란 것 이상으로 엄청나게 경악하고 있었다.

　이 월드 메시지가 떠오르자마자, 카일란 공식 커뮤니티의 트래픽이 폭발적으로 상승하기 시작한 것이다.

　훈이의 두 눈이 반짝였다.

　"오옷, 나 월드 메시지 탔어!"

　그에 이안이 어이없는 표정으로 대꾸했다.

　"야, 지금 그게 중요하냐? 이거 빨리 해 봐야 할 거 아냐. 스킬 창부터 빨리 정독해 봐."

　"쳇, 알겠어."

　훈이는 구시렁거리며 스킬 창을 열었다.

　그리고 이안은 이미 퓨전 스킬들의 스킬 창을 띄워 놓고 찬찬히 읽어 내려가고 있는 중이었다.

'어둠의 속박은 일시적으로 대상의 움직임을 제한시키는 매즈기 같은 거네. 이건 특이할 것 없군.'

이안의 관심을 끈 것은, 당연히 퓨전스킬로 분류되어있는 다른 두 개의 스킬이었다.

어둠의 속박은 일반 스킬로 분류되어 있었던 만큼 기존의 스킬들과 큰 차이가 나지 않았고, 반면에 영혼 소환술과 어둠 소환술은 완전히 그 궤를 달리했다.

이안은 가장 기본이 되는 어둠 소환술부터 살펴보았다.

---

### 어둠 소환술

**분류** : 액티브 스킬/퓨전 스킬
**스킬 레벨** : Lv. 0          **숙련도** : 0퍼센트
**재사용 대기 시간** : 15분      **지속 시간** : 30분
*사용 조건
-계약 관계인 흑마법사와 '파티 상태'일 때만 사용이 가능합니다.
-현재 소환되어 있는 소환수/언데드 에 한하여 사용 가능합니다.
어둠의 기운을 이용해 특정 소환물(소환수 또는 언데드)의 영혼을 복제하는 능력입니다(대상이 되는 소환물의 등급이 낮을수록, 더 많은 숫자의 영혼이 복제됩니다).
복제된 영혼은 어둠의 기운으로 만들어진 소환물이 되어 일정 시간 동안 지속되며, 본래 소환물이 가진 능력의 50퍼센트만큼을 발휘합니다.
소환술사나 흑마법사 중 한 명만 사망하더라도, 소환된 모든 어둠 소환수들은 사라지게 됩니다.
*등급별 현재 복제 가능한 영혼 개수
-신화 : 불가능 (스킬 레벨 Max에 오픈)
-전설 : 불가능 (스킬 레벨 Lv.5에 오픈)
-영웅 : 한 마리

'아예 두 사람이 함께해야 발동이 가능한 스킬이라…… 신선한데?'

아직 스킬 레벨이 낮아서 전설 등급이나 신화 등급의 소환물은 복제가 불가능했지만, 이 정도만으로도 큰 도움이 될 게 분명했다.

이안이 피식 웃으며 속으로 생각했다.

'한동안은 훈이보다 내가 더 도움을 많이 받겠네, 이거.'

그 이유는 간단했다.

현재 이안이 운용하는 소환수들 중 영웅 등급 이하의 소환수는 할리 하나뿐이었다.

그 말인 즉, 훈이가 가져다 쓸 만한 이안의 소환수는 할리 하나라는 것이었다.

반면에 이안은 자원이 무척이나 풍부했다.

훈이는 일반 등급인 스켈레톤부터 시작해서, 다양한 등급의 언데드들을 운용했기 때문이었다.

특히 데스나이트들도 네임드 언데드인 '발람'같은 경우만 제외하면 전부 영웅 등급이었기 때문에, 이안은 데스나이트도 소환이 가능할 것이었다.

그리고 아니나 다를까, 옆에서 함께 스킬 창을 읽던 훈이가 불퉁한 얼굴로 이안에게 투덜거렸다.

"뭐야 이거, 또 형만 좋은 스킬이잖아? 난 형 소환수 중에 할리밖에 쓸 수 있는 게 없다고."

이안이 피식 웃으며 대꾸했다.

"좋은 게 좋은 거지. 네가 네 언데드를 또 복제하면 되는 거잖아?"

"그건 그렇지만……!"

"억울하면 이제부터 나랑 죽도록 사냥해서 퓨전 스킬 숙련도 올리면 되겠네."

훈이가 당황한 표정으로 되물었다.

"엉? 그건 또 무슨 말이야?"

"스킬 창 꼼꼼히 안 읽었냐? 스킬 레벨 5 넘어가면 전설 등급 이상의 소환물도 복제가 가능하다잖냐. 10레벨 맥스까지 찍으면, 신화 등급 소환물도 가능하고."

그에 훈이의 표정이 밝아졌다.

"오오, 정말이네? 이걸 왜 못 봤지?"

훈이는 신나서 다시 스킬 창을 읽어 보기 시작했고, 이안이 한 마디 덧붙였다.

"나중에 스킬 렙 맥스까지 찍으면, 너한테 더 유리한 스킬이야 이건. 나는 신화 등급 소환수가 둘이나 있는데, 너는 아직 신화 등급 하나도 없잖아."

그에 훈이가 발끈하며 대답했다.

"우씨, 기다려 봐. 나 데이드몬의 서 이제 받았으니까, 직업 퀘 하나만 더 하면 발람을 상위 나이트로 승급시킬 수 있다고."

이안이 반색하며 물었다.

"오, 그럼 발람도 이제 신화 등급 되는 거야?"

"응, 아마 그렇지 않을까?"

훈이와 파티 사냥을 할 때, 이안은 종종 발람을 갈군다.

데스나이트 주제에 뭔가 순수한 면이 있어서, 장난치는 재미가 쏠쏠했기 때문이었다.

하지만 평소에 그런 이미지라고 해서, 발람이 별것 아닌 언데드는 아니었다.

무려 소버린 데스나이트라는 이름을 가진, 말 그대로 '데스나이트들의 군주' 격인 언데드였던 것이다.

그러다 보니 이안으로서도 평소에 제법 탐이 났던 소환물이었다.

'빨리 5레벨 찍고 발람 한번 컨트롤해 봐야지.'

어둠 소환술로 발람을 소환하여 부려먹을 생각에, 신이 난 이안이었다.

훈이가 다시 입을 열었다.

"그런데 형, 이 어둠 소환술보다…… 당장에는 영혼 소환술이라는 게 더 효율 좋을 것 같은데?"

"어, 그래? 잠시만, 읽어 보고 얘기하자."

이안은 이번에는 영혼 소환술의 스킬 창을 열어 보았다.

---

## 영혼 소환술

**분류** : 액티브 스킬/퓨전 스킬

**스킬 레벨** : Lv. 0          **숙련도** : 0퍼센트

**재사용 대기 시간** : 15분          **지속 시간** : 5분

*사용 조건

－계약 관계인 흑마법사와 '파티 상태'일 때만 사용이 가능합니다.

－사망한 지 10초가 지나지 않은 대상에 한하여 사용 가능합니다.

－현재 '파티 상태'인 대상에 한해서만 사용이 가능합니다.

모든 생명력이 소진되어 '사망' 상태에 이른 대상의 영혼을, 다시 소환하는 능력입니다. (유저 포함)

소환된 영혼은 대상이 가졌던 원래 능력치의 125퍼센트만큼의 능력을 가지게 되며, '블러드러스트' 상태가 됩니다. (블러드러스트 상태 : 모든 움직임과 공격 속도 60퍼센트 증가.)

유저는 소환된 대상을 컨트롤하여 대상이 가지고 있던 모든 스킬들을 똑같이 사용할 수 있으며, 대상과 관련된 모든 오브젝트를 컨트롤 할 수 있습니다. (단, 신성 계열의 스킬은 전부 사용할 수 없으며, 대상이 사망하거나 지속 시간이 다 되어 사라지면, 대상과 관련된 모든 오브젝트와 효과들도 함께 사라지게 됩니다.)

*숙련도가 올라갈수록 소환된 영혼의 능력치 계수가 증가합니다.

*숙련도가 올라갈수록 스킬의 지속 시간이 증가합니다.

*영혼 소환술로 소환한 대상이 유저일 경우, 영혼 소환술에 관계없이 사망 페널티는 똑같이 부여됩니다.

---

사실상 '어둠 소환술'은 아직까지 큰 의미가 없는 스킬이다.

일반~유일 등급의 소환물들은 많이 복제해 봐야 큰 의미가 없었으며, 영웅 등급의 소환물은 고작 한 마리 정도밖에 복제할 수 없었으니까.

숙련도가 Lv. 5이상으로 올라간 후에나 전력에 도움이 될 만한 스킬인 것이다.

하지만 이 '영혼 소환술'은 달랐다.

당장 뿍뿍이나 카르세우스 같은 주요 전력이나, 카이자르, 폴린과 같은 가신들에게도 적용 가능한 스킬이기 때문이었다.

물론 소환수의 경우에는, 사망하기 직전에 역소환할 수 있다는 메리트를 버려야 사용 가능한 스킬이었다.

하지만 당장에 소환수의 사망 페널티를 감수하고라도 전투에서 이겨야 하는 경우는 많았으니, 그럴 때 사용하면 유용할 것이었다.

'게다가 유저에게도 사용할 수 있다니!'

이안은 이 부분이 가장 마음에 들었다.

평소에 답답하게 죽어나가던 파티원을 보면, 대신 컨트롤해 주고 싶다는 생각을 항상 해 왔던 그였으니까.

특히나 가장 답답한 경우는, 스펙은 랭커급으로 좋은 유저가 가진 능력의 절반도 발휘하지 못하고 죽을 경우였다.

하지만 이제는 그런 경우에도 이 영혼 소환 스킬을 써서 이안이 대신 컨트롤할 수 있게 된 것이다.

게다가 신성 계열 스킬을 제외하고 대상의 모든 스킬을 사용할 수 있다니, 이것은 정말 엄청난 혁신이었다.

물론 본인의 캐릭터 하나 제대로 컨트롤하지 못하는 유저에게는, 정말 효율 떨어지는 스킬이겠지만 말이다.

훈이가 들뜬 표정으로 이안에게 말했다.

"크으, 이 스킬만 있으면 나도 이제 이안 형 캐릭터 한 번 컨트롤해 볼 수 있는 건가?"

가상현실 게임인 카일란은, 기본적으로 타인의 캐릭터를 컨트롤해 본다는 개념 자체가 불가능했었다.

그런데 이 스킬만 있으면 무려 랭킹 1위의 유저이자 현존 최강의 유저로 추정되는 이안의 캐릭터를 컨트롤해 볼 기회가 생기는 것이니, 훈이가 들뜬 것도 당연했다.

하지만 이안은 실소를 흘리며 훈이를 비웃었다.

"후후, 과연 그럴까?"

"왜? 여기 써 있잖아. 유저에게도 적용된다고!"

"훈이 너, 내가 죽는 거 혹시 봤어?"

"……!"

그리고 그 말에 훈이는 바로 풀이 죽을 수밖에 없었다.

"한 달에 한번 정도는 죽어 보는 것도 나쁘지 않아, 형아."

"싫어, 인마."

"그럼 두 달에 한 번은 어때?"

"……."

그렇게 투닥거리던 두 사람은, 그 뒤로도 한참을 붙어 앉아 스킬에 대해 연구했다.

전투 중이 아니기 때문에 '영혼 소환술' 스킬은 당장 써 볼 수 없었지만, '어둠 소환술' 스킬은 바로 시전해 볼 수 있었던 것이다.

두 사람이 한참 퓨전 클래스와 퓨전 스킬에 대해 연구 중이던 그 때, 이안의 시야에 두 줄의 메시지가 동시에 떠올랐다.

-헤르스 : 진성아, 지금 바쁘냐?
-피올란 : 이안 님, 지금 뭐 하고 계세요?

카일란의 서버는 그야말로 만신창이가 되었다.

그렇지 않아도 로터스 길드 때문에 트래픽이 한껏 달아오른 상태였는데, 추가로 폭탄 같은 이슈가 터져 버린 것이었다.

사전 예고조차 없었던 새로운 콘텐츠의 등장.

이것만큼 폭탄 같은 이슈가 어디 있을까?

덕분에 카일란의 공식 커뮤니티는 물론, 각종 게임 커뮤니티와 블로그 등에서도 난리가 났다.

그리고 그 내용은 반반이었다.

-이야 ㅋㅋㅋ LB사 진짜 대박이네 ㅋㅋㅋ 원래 이런 대박 콘텐츠 터

뜨릴 땐 홍보도 빠방하게 때리고 그래야 되는 거 아님? 어차피 시장 점유율도 부동의 1등이고, 이젠 홍보도 필요 없다는 건가?

–그러게요. ㅋㅋ 클래스가 진짜 남다른 듯. 이런 엄청난 콘텐츠 만들어 놓고 진짜 아무 예고 없이 그냥 열어 버리네. 역시 갓겜. ㅋ으.

–혹시 개발 팀에서 개발한 걸 홍보 팀에서 미처 몰랐던 건 아닐까요? 이건 말이 안 되는데 ㅋㅋ 다른 게임들은 뭐 쥐꼬리만 한 업데이트 하나만 해도 공지 다 띄우고 생색이란 생색은 다 내잖아요.

–무슨 말이 필요합니까, 이게 바로 카일란입니다.


이렇게 또다시 신규 콘텐츠를 뽑아 낸 LB사에 대한 찬양이 절반이었으며…….


–그나저나 이안 이놈은 어떻게 생겨먹은 놈임?

–내가 하고 싶은 말이다. 대체 하루에 몇 시간 정도 게임하면 신규 콘텐츠란 신규 콘텐츠는 혼자 다 뚫을 수 있는 건데?

–음…… 24시간 정도면 되지 않을까?

–ㅋㅋㅋ이게 게임 오래한다고 될 문제라고 생각하냐? 그냥 게임을 겁나 잘하는 거임.

–알피지 겜에서 실력이 뭐 그리 중요한가요? 그냥 오래하면 장땡인 겜이 알피지 아니었나요?

–윗 님, 무슨 선사시대에서 오셨나요. 언젯적 알피지 겜 얘기하시는 건지. 카일란만큼 컨발에 영향 받는 게임도 흔치 않아요. 동일 스펙으로

똑같은 시간 동안 사냥해도 획득 경험치가 3배 이상 차이날 수 있는 게임이 이 게임입니다.

–맞음. 그리고 이게 한번 상위랭커 만들어 놓고 캐릭터 굴리기 시작하면 계속해서 스노우볼이 굴러가니 무한대로 앞서갈 수밖에 없는 거예요. 답 없음.

–크으, 님들. 이안 느님은 일반인들의 잣대로 판단할 수 있는 분이 아니십니다. 그저 찬양하면 될 뿐.


또다시 월드 메시지에 등장한 '이안'이라는 이름에 대한 감탄과 논란이 절반이었다.

가끔 '간지훈이'라는 이름도 등장하기는 했지만, 언급하는 이들은 별로 없었다.

그저 이안의 파티에 꼽사리 껴서 이득 본 운 좋은 흑마법사라고 생각했을 뿐이었다.

때문에 눈이 빠져라 댓글들을 읽으며 자신에 대한 이야기를 찾던 훈이는 분노하고 말았다.

"뭐야아아아! 왜 이안 형 이름만 있는 건데!"

사실 이것은 훈이 본인의 잘못이라고 할 수 있었다.

'신비주의'를 고수한다는 명목으로, 아직까지 자신의 랭킹을 비공개 처리해 놨던 것이다.

덕분에 훈이를 아는 유저는 별로 없었다.

몇몇 훈이와 파티를 해 보았거나 그의 활약을 본 유저들이 은둔 고수 정도로 생각할 뿐이었다.

그래서 훈이는, 현재 공식 랭킹 1위에 랭크되어 있는 흑마 법사보다 무려 10레벨이 높았지만, 인지도가 없어도 너무 없었다.

"우씨, 나도 랭킹 공개해야 되나?"

이번에야말로 학교 친구들에게 자랑하고 싶었던 훈이는 속이 부글부글 끓었다.

하지만 결국 랭킹은 공개하지 않기로 했다.

"아니야, 이안 형은 지금까지 비공개 랭킹인데도 이렇게 유명해졌잖아? 나는 신비주의지만 가장 유명한 흑마법사가 되겠어."

뭔가 엄청나게 모순적인 말을 중얼거리는 훈이였다.

그런데 그때, 문 밖에서 거부할 수 없는 목소리가 들려왔다.

"훈아, 밥 먹어야지!"

중부 대륙에서 가장 큰 영지인 파이로영지의 영주성.

영주성의 가장 꼭대기에 위치한 영주집무실에서는, 세 사람이 작은 원탁 앞에 둘러앉아 대화를 나누고 있었다.

그들은 다름 아닌 로터스 길드의 길드 마스터인 헤르스, 그리고 파이로 영지의 영주인 피올란이었다.

마지막으로 로터스 길드의 정신적 지주인 이안이었다.

"그러니까, 이제 슬슬 힘에 부치기 시작한다는 말이죠?"

이안의 물음에, 피올란이 고개를 끄덕이며 대답했다.

"맞아요. 아직 네 번이나 영지전이 더 남았는데, 아마 다음 영지전까지는 할 만할 것 같은데 그 다음부터가 문제예요. 와이번 나이트들도 이제 얼마 남지 않았고……."

헤르스가 덧붙였다.

"맞아. 냉정히 말해서 다음 영지전까지가 한계야, 진성아."

피올란과 헤르스가 이안을 부른 이유는 이안도 충분히 짐작하고 있었던 것이었다.

이제 슬슬 길드의 전력이 부족할 때가 되었다는 것을 이안도 알고 있었으니까.

이안이 속으로 중얼거렸다.

'시간이 조금만 더 있었으면 좋았을 텐데…….'

잠시 생각하던 이안이 헤르스를 향해 물었다.

"지난번에 파이로랑 로터스, 엘리지안 영지에 마탑 짓고 있다던 건 어떻게 됐어?"

"지난주에 전부 완공됐어. 그래서 이제 마법사들 뽑고 있긴 한데, 다음 주는 되어야 실전 투입 가능할 거야."

'마탑'은 '대영지'단계의 영지에서 건설이 가능한, 가장 상위 티어의 전투 병력 생산 시설이었다.

이름만 들어도 짐작할 수 있듯 '마법사'들을 생산할 수 있는 시설이다.

마탑을 생산하기 전에는 마법사를 뽑으려면 '용병 고용'을 통해서만 가능했지만, 마탑이 만들어지고 나면 영지 자체적으로 마법사들을 육성하는 게 가능해지는 것이다.

이 차이는 무척이나 컸다.

용병으로 고용하는 것보다 훨씬 적은 비용으로 생산이 가능한데다, 5서클 이상의 고위 마법사들도 육성이 가능해지는 것이다.

그리고 운이 좋다면 가끔 마탑에서 7서클 이상의 대마법사가 등장하기도 한다.

게다가 7서클 이상의 대마법사는, 현재 랭킹 1위의 마법사인 레미르에 비견될 정도로 강한 마법사였다.

하지만 마법사들이 아무리 뛰어난 전력이라 하더라도, 지금 당장 활용할 수는 없는 상황.

피올란이 천천히 입을 떼었다.

"이젠 이안 님도 합류하셔야 할 것 같아요."

헤르스도 고개를 끄덕였다.

"맞아. 이제 마계에 그만 박혀 있고 좀 기어 나와라."

이안이 뒷머리를 긁적였다.

이안의 원래 계획은 최강의 마수 연성에 성공한 뒤 영지전의 막바지에 극적으로 등장하는 것이었다.

하지만 생각보다 시간이 오래 걸렸고, 아직도 언제 끝날지 기약할 수 없는 상황이었다.

그렇기에 이안은, 결국 고개를 끄덕일 수밖에 없었다.

"그래 뭐, 알겠어. 다음 영지전부터 합류할게."

이안의 대답에, 피올란과 헤르스의 표정이 환해졌다.

"잘 생각했어요, 이안 님!"

"좋아, 좋아. 이제 걱정 좀 덜었군."

헤르스가 한 마디 덧붙였다.

"그리고 훈이도 좀 데려와. 걔도 영지전 부르면 맨날 퀘스트 있다고 빼더라고."

이안이 고개를 끄덕였다.

"알겠어, 훈이랑 노엘이도 데려가지 뭐."

그런데 그 말을 들은 헤르스가, 살짝 의아한 표정을 지었다.

"노엘이? 걔는 영지전 전력으로 쓰긴 좀 그렇지 않아?"

헤르스의 기억에 있던 카노엘은, 컨트롤도 형편없고 레벨도 낮았던 과거의 카노엘이었기 때문이었다.

그에 이안이 피식 웃으면서 대답했다.

"그동안 나 따라다니면서 많이 성장했어. 이제 1인분 이상은 충분히 할 거야."

헤르스가 멋쩍어하며 대답했다.

"그래, 네가 그렇다면 그런 거지."

세 사람은 앞으로 남은 네 차례의 영지전에 대한 계획을 구체적으로 세우기 시작했고, 그것은 제법 오랜 시간이 걸리는 작업이었다.

한동안 길드 내정에 손을 떼었던 이안이었기에, 구체적인 길드 전력들을 파악하는 데 시간이 좀 걸릴 수밖에 없었던 것이다.

전략 회의가 끝나자 이안은 곧바로 경매장을 향해 걸음을 옮겼다.

'그동안 모아놨던 템도 좀 팔고, 레벨이 많이 올랐으니 장비들도 싹 한번 갈아엎어야겠다.'

현재 이안의 레벨은 290초반.

지금 착용 중인 아이템들이 200레벨 초반일 때 장만했던 아이템들이었으니, 한 번쯤 물갈이를 해 줄 때가 된 것이다.

그리고 여기까지 생각이 미치자, 지금까지 미뤄 두었던 셀라무스 사막 부족의 히든 퀘스트가 머릿속에 떠올랐다.

셀라무스 부족의 퀘스트를 클리어한다면, 정령왕의 심판도 한 단계 업그레이드될 테니까.

'다음 영지전까지 남은 시간은 이틀 정도…… 오래 걸릴 퀘스트는 아니니까 오늘 내로 그것부터 해치워 버려야지.'

지금도 '행성 파괴 무기'라는 수식이 어색하지 않을 정도의 어마어마한 위력을 가지고 있는 무기, 그것이 바로 이안의 주 무기인 '정령왕의 심판'이었다.

그렇기에 이안은 설레기 시작했다.

지금도 강력한 정령왕의 심판이 한 단계 업그레이드된다면 어떤 미친 무기가 될지 기대되었기 때문이었다.

　게다가 정확히 어떤 것인지는 아직 알 수 없었지만, '정령왕 소환마법진'이라는 아이템도 얻게 된다.

　이 또한 분명히 이안의 전력에 도움이 될 터.

　이안의 걸음이 바삐 움직이기 시작했다.

　'이쯤이었던 것 같은데……'

　홀드림의 무덤 북서쪽에 있는 거대한 바위산.

　이안은 거의 반나절 동안 이 바위산을 헤집으며 다니고 있었다.

　'셀라무스 비룡의 제단'을 찾아야 했기 때문이었다.

　이안은 제단의 위치를 찾기 위해, 오랜만에 셀라무스의 퀘스트 창을 오픈했다.

---

**셀라무스 부족의 시험(히든, 연계 퀘스트)**

당신은 셀라무스 부족의 수호자인 이클립스로부터 최고의 등급인 S등급 전사임을 인정받았고, 역대 최고의 성적을 거두었다.

이제 당신은 누구도 도전한 적 없었던 임무에 도전해야 한다.

셀라무스 부족 제단의 비룡飛龍을 깨우면, 그가 당신을 인도해 줄 것이다.

**퀘스트 난이도 : SSS**

---

그리고 퀘스트 창을 오픈하자, 우측 상단에 보이는 미니 맵의 한쪽 지점에 붉은 빛으로 제단의 위치가 표시되었다.

'맞게 찾아 왔네.'

이안은 다시 성큼성큼 움직이기 시작했다.

이 중부 대륙에 이안의 위협이 될 만한 몬스터가 존재할 리 없기 때문이었다.

그 증거로, 본체로 현신한 카르세우스 한 마리만 이안의 뒤를 따르고 있었음에도 어떤 몬스터도 이안의 주변에 접근하지 못하고 있었다.

카르세우스가 풍기는 위압감을 이겨 내지 못한 것이다.

그렇게 5분 정도를 움직였을까?

뒤를 따르던 카르세우스가 이안을 향해 말했다.

"주인, 저 봉우리 위쪽에서 드래곤의 기운이 느껴진다."

카르세우스의 말에 시선을 돌려 봉우리를 확인한 이안의 두 눈이 살짝 빛났다.

멀찍이 보이는 봉우리의 꼭대기에는, 용의 머리 모양을 한 바위가 웅장하게 솟아 있었던 것이다.

"좋았어!"

퀘스트를 시작하기 위해서 가장 처음에 해야 할 것이 바로 제단의 비룡을 깨우는 일이었다.

처음부터 카르세우스를 소환해 놨던 이유가 드래곤의 흔적을 쉽게 찾기 위함이었고, 카르세우스는 훌륭히 그 역할을 해 주었다.

이안이 카르세우스의 등에 올라타며 말했다.

"데려다 줘, 카르세우스."

카르세우스가 거대한 머리를 살짝 끄덕이며 대답했다.

"알겠다, 주인."

이안을 태운 카르세우스가 거대한 날개를 펄럭이기 시작했다. 허공으로 솟구친 그의 거대한 몸체는, 순식간에 하늘을 날아 봉우리를 향해 쏘아져 갔다.

-고대 소환술의 역사가 담겨 있는 '셀라무스의 비룡의 제단'을 최초로 발견하셨습니다.

-명성이 15만 만큼 증가합니다.

-모든 전투 능력이 25만큼 영구적으로 증가합니다.

-통솔력과 친화력이 각각 100만큼 영구적으로 증가합니다.

"크으, 시작부터 좋고!"

이안의 입에서 절로 추임새가 흘러나왔다.

처음 셀라무스 부족의 퀘스트를 발견했을 때도 얻었던 비슷한 보상이었지만, 그때보다도 한층 업그레이드된 것이었다.

그리고 이안이 카르세우스의 등에서 뛰어내려 봉우리에 발을 딛자, 카르세우스 또한 인간의 모습으로 폴리모프했다.

본체로 내려서기에는, 봉우리가 턱도 없이 좁았기 때문이었다.

그런데 이안이 봉우리에 발을 딛자마자, 그의 발밑에서부터 금이 가기 시작했다.

쩍- 쩌적- 쩍-!

"음?"

이안은 살짝 당황했지만, 곧 흥미로운 표정으로 그 모습을 지켜보았다.

바위의 갈라진 틈 사이로 연녹빛의 강렬한 빛이 새어나오기 시작했다.

쿠쿠쿵-!

'이 바위가 설마 비룡이었던 건가?'

이안은 부서져 내리는 바위 위에서 균형을 잡기 위해 이리저리 뛰어다녔으며, 쪼개진 바위 사이로 누런빛의 비늘이 드러나기 시작했다.

그리고 잠시 후, 바위산의 봉우리 중 하나였던 거대한 바위가 웅장한 모습의 드래곤이 되어 커다랗게 포효했다.

캬아아오오-!

그와 동시에, 이안의 눈앞에 새로운 시스템 메시지가 추가로 울려 퍼졌다.

띠링-.

-조건이 충족되어, 셀라무스 부족의 비룡이 오랜 잠에서 깨어났습니다.

그리고 이안과 카르세우스는 비룡의 등에서 떨어지지 않기 위해 돌기를 움켜쥐어야 했다.

그런데 그때, 카르세우스의 몸이 새하얀 빛으로 둘러싸이더니 허공에서 자취를 감추는 게 아닌가.

당연한 얘기겠지만, 이안은 당황할 수밖에 없었다.

'뭐, 뭐야?'

그리고 이어서 떠오른 시스템 메시지들이, 카르세우스가 사라진 이유를 설명해 주었다.

-셀라무스 전사. 비룡의 관문 첫 번째 영역에 입장하셨습니다.

-소환수를 부릴 수 없는 공간입니다.

-소환된 모든 소환수들이 아공간으로 역소환됩니다.

-모든 장비의 능력치가 무력화됩니다(셀라무스 전사의 무기 제외).

-보유 중인 스킬이 모두 봉인됩니다(셀라무스 전사의 스킬 제외).

-셀라무스 시험의 관문에서는 관문 내에서 주어진 장비와 스킬만을 사용할 수 있습니다.

비룡의 등에 돋아난 돌기를 단단하게 움켜쥔 이안이, 두 눈을 빛냈다.

'전사의 관문을 통과할 때와 비슷한 식인가 본데?'

하지만 이안의 생각은 더 이상 이어질 수 없었다.

-몸을 단단히 고정시키도록 하라. 셀라무스의 전사여.

비룡의 것인 듯 보이는 웅혼한 음성이 이안의 뇌리에 울려 퍼졌다.

펄럭- 펄럭-!

그리고 황금빛의 찬란한 광채를 사방으로 뿜어내며, 그의 거구가 움직이기 시작했다.

'제기랄, 지난번엔 땅속으로 파고들더니, 이번에는 하늘로 솟구치는 건가?'

그리고 이안의 생각이 끝나기가 무섭게 황금빛 비룡의 몸이 어마어마한 속도로 하늘로 날아오르기 시작했다.

"으아아아악!"

셀라무스, 그 두 번째 시험

Taming Master

비룡을 탄 이안은 말 그대로 정신없이 솟구쳐 올라갔다.

그리고 그것은 지금까지 어떤 놀이공원에서도 느껴 보지 못한 어마어마한 짜릿함을 안겨 주었다.

"으아아아아아악!"

이안의 비명 소리가 중부 대륙의 창공에 우렁차게 울려 퍼졌다.

이안은 두 눈을 질끈 감은 채 비룡의 등에 겨우겨우 매달려 있었다.

그나마도 출발 전에 비룡의 목에 메어져 있는 고삐 같은 것을 발견했기에 망정이지, 그렇지 못했다면 이미 바다으로 곤두박질쳐서 추락사 했으리라.

"대체 언제까지 올라갈 거냐고오!"

비명을 꽥꽥 내지르던 이안은, 궁금한 마음에 실눈을 떠 아래를 슬쩍 내려다보았다.

그리고 후회할 수밖에 없었다.

이미 구름까지 뚫고 올라온 것인지, 발밑에는 아무것도 보이지 않았기 때문이었다.

그야말로 까마득한 높이에, 이안의 등을 타고 한 줄기 식은땀이 흘러내렸다.

"미, 미친⋯⋯!"

하지만 이안의 외침에는 아랑곳하지 않은 채, 비룡은 계속해서 수직으로 솟구쳐 올라갔다.

푸르릉—!

그렇게 30분 정도가 지났을까.

이안의 진이 거의 다 빠질 때쯤, 비룡의 속도가 천천히 느려지더니 이내 어디엔가 멈춰 섰다.

이안은 쥐가 날 정도로 꽉 움켜쥐고 있던 고삐를 내려놓으며, 천천히 눈을 떴다.

그리고 눈앞에 펼쳐진 놀라운 광경을 확인할 수 있었다.

"뭐, 뭐지?"

이안이 당황한 것은 당연했다.

분명 지금까지 계속해서 하늘로 솟구쳐 올랐는데 그의 앞에 펼쳐져 있는 것은 널따란 대지와 초목草木들이었으니까.

그런데 마침 그때, 이안의 궁금증을 풀어 주기라도 하려는 듯 시스템 메시지가 떠올랐다.

띠링-!

-천공의 대지 '셀라무스 군도'를 최초로 발견하셨습니다.

-명성이 15만 만큼 증가합니다.

-셀라무스의 잊힌 소환수들이 당신을 주시하기 시작합니다.

이안의 두 눈이 살짝 커졌다.

'천공의 대지라고? 그럼 여기가 하늘 위에 떠 있는 섬이라도 된다는 말인 건가?'

비룡의 등에서 내려온 이안은, 고개를 휙 돌려 주변을 돌아보았다.

그리고 깨달을 수 있었다.

그의 바로 뒤쪽에 하얀 뭉게구름이 잔뜩 낀 하늘이 펼쳐져 있었던 것이다.

이안이 걸음을 돌려 열 발 정도만 걸어간다면, 아마 끝없는 낭떠러지로 떨어지게 되리라.

그런데 이제껏 가만히 이안을 지켜보던 비룡이, 천천히 몸을 일으켰다.

그리고 예의 그 웅혼한 목소리가, 또다시 이안의 뇌리에 울려 퍼졌다.

-지금부터 날 따라오도록. 늦지 않는 게 좋을 거다.

"으응?"

그리고 비룡은, 어리둥절해 하는 이안을 뒤로한 채 거대한 날개를 펄럭이며 허공으로 또다시 솟구쳤다.

그에 이안은 입을 쩍 벌리고 당황할 수밖에 없었다.

'뭐, 뭐야? 나보고 어떻게 따라가라고!'

소환수들을 소환할 수 있는 상태였더라면 핀이나 카르세우스를 타고 어떻게 따라가 보겠건만, 지금은 그럴 수도 없는 상황.

"설마…… 내리면 안 됐던 건가?"

하지만 이안은 금세 그것이 아니라는 걸 알 수 있었다.

날아오른 비룡이, 천공의 대지 한가운데 우뚝 솟은 탑의 꼭대기로 날아가 그 안으로 들어갔기 때문이었다.

또 다른 천공의 섬이 아닌 이 대지에 솟아 있는 탑이라면, 두 다리로 어떻게든 올라갈 수 있으리라.

그리고 이안의 눈앞에 새로운 시스템 메시지가 다시 떠올랐다.

띠링-.

-첫 번째 시험이 시작되었습니다.

-제한시간 내에, 셀라무스의 탑 10층에 있는 비룡의 방에 도달해야 합니다.

-남은 시간 : 02:59:59

-제한 시간 내에 목적지에 도달하지 못할 시 자동으로 퀘스트에 실패하게 되며, 퀘스트는 소멸하게 됩니다.

메시지를 읽은 이안은, 깊이 생각해 볼 겨를도 없이 곧바로 탑을 향해 뛰기 시작했다.

무려 트리플S 등급의 퀘스트였다.

제한 시간이 넉넉하게 주어져 있을 리는 없다고 생각했다.

"전부 다 모였나요?"

파이로 영지의 대회의실.

상석에 앉아 있는 길드마스터 헤르스가 좌중을 둘러보며 물었다.

그러자 옆에 앉아 있던 피올란이 대답했다.

"아직 이안 님이 안 오셨네요."

"메시지는 보내 봤어요?"

"네. 수신 거부되어 있는 게, 아마도 또 퀘스트같은 걸 하러 가신 게 아닐까……."

이안을 떠올린 헤르스가 고개를 절레절레 저었다.

하루 정도는 쉬면서 정비할 법도 한데, 그새를 못 참고 또 퀘스트를 하러 움직인 것이다.

그래도 큰 걱정을 하지는 않았다.

미리 얘기가 되지 않았으면 모르되, 약속 하나만큼은 누구보다 철저하게 지키는 이안이었으니까.

그리고 남은 영지전에 대한 병력 분배와 같은 굵직한 전략
은 함께 의논해 놓은 상태였기에, 딱히 이 자리에 필요한 것
도 아니었다.

그런데 좌중을 한 번 쭉 둘러본 헤르스는 뭔가 허전함을
느꼈다.

'그래도 누군가 올 사람이 더 있었던 것 같은데 말이지. 그
게 누구였더라…….'

그런데 이때, 끼이익 소리를 내며 대회의실의 문이 천천히
열렸다.

"……?"

그에 회의장 안에 있던 로터스 길드 수뇌부들의 시선이 곧
바로 그 문을 향했고, 열린 문 사이로 저벅저벅 발소리가 들
려왔다.

한데 이상한 것은 발소리만 들릴 뿐 사람은 보이지 않는다
는 것이었다.

"뭐, 뭐지? 은신술인가?"

하지만 헤르스는 누가 들어온 것인지 알 것 같았다.

"훈이 왔냐?"

헤르스의 물음에 반쯤 접힌 어두운 빛깔의 마법사 모자가,
탁자 위로 불쑥 튀어 올라왔다.

"후후, 최강의 어둠술사인 나 간지훈이가 드디어 전장에
합류하게 되었군."

손발이 사라질 것 같은 말을 태연스레 하며 빈자리를 찾아가 앉는 훈이였다.

근처에 있던 길드원 중 하나가 어이없는 표정이 되어 헤르스를 보았다.

"마스터, 우리 길드에 이런 꼬맹이도 있었습니까?"

그 물음에 헤르스는 낄낄 웃었고, 훈이가 매서운 눈빛으로 그를 째려보았다.

"꼬맹이라니! 난 최강의 흑마법사. 어둠의 군주 임모탈의 전승자다!"

"......?"

그에 길드원들은 너무 당황해서 아예 말을 잃고 말았다.

그도 그럴 것이, 길드원들 중에도 훈이를 아는 이들은 별로 없었던 것이다.

훈이가 길드에 가입한 지는 제법 시간이 흘렀으나, 공식적인 자리에 나온 것이 처음이었기 때문이었다.

때문에 길드원들은 헤르스와 피올란에게 답변을 원하는 눈빛을 보내왔고, 헤르스가 웃으며 고개를 끄덕였다.

"조금 특이하긴 하지만, 그는 분명 우리 길드원이 맞습니다. 더해서 이 자리에 참석할 만한 역량도 충분히 갖추고 있는 유저죠."

그리고 누군가가 작은 목소리로 중얼거렸다.

"아, 그러고 보니 길드원 목록에서 간지훈이라는 아이디를 본 적도 있는 것 같아. 뭐 저런 중2병 걸린 아이디를 쓰는 녀석이 있나 싶었는데…….”

길드원들은 잠시 웅성거렸지만, 이어진 헤르스의 설명에 쥐죽은 듯 조용해질 수밖에 없었다.

“그리고 훈이는, 비공식이지만 흑마법사 랭킹 1위 유저이기도 합니다.”

“……!”

쾌쾅– 쾅–!

거대한 석탑의 내부에서, 커다란 타격음이 연속해서 울려퍼졌다.

그것은 마치 바윗덩이가 쪼개지는 듯한, 그런 파열음이었다.

“비켜라, 이것들아! 형이 시간이 없다고!”

타탓– 탓–!

이안은 정령왕의 심판을 빙글빙글 휘두르며, 앞을 가로막는 바윗덩이들을 사정없이 깨부수고 있었다.

정확히 말하자면 바윗덩이는 아니었다.

그것들은 셀라무스 비룡의 탑을 지키고 있는 가디언들.

바로 200레벨 초반대의 몬스터인 ‘포레스트 골렘’이었다.

콰앙-!

이안은 달려드는 포레스트 골렘의 머리를 가차 없이 박살 내 버린 뒤, 입꼬리를 씨익 말아 올렸다.

'오케이, 재사용 대기 시간 돌아왔고…….'

이안은 지금 사용할 수 있는 유일한 스킬인, '셀라무스 전사의 의지' 스킬을 확인했다.

셀라무스 부족의 시험이 시작되면서 부족의 스킬을 제외한 모든 스킬들이 봉인당했기 때문에, 쓸 수 있는 스킬은 오직 이것 하나뿐이었다.

하지만 사실상 이 스킬만 해도, 충분하다 못해 넘치는 상황이었다.

'트리플 S등급 퀘스트가 뭐 이리 허접한 거야? 아직 도입부라서 그런 것뿐인가?'

레벨이 200~210정도밖에 되지 않는 천공의 대지의 몬스터들.

그들은 이안의 공격 한 번에 짚단처럼 쓰러질 수밖에 없는 허약한 몬스터들일 뿐이었다.

그 증거로 이안은, 아직 3시간의 제한 시간 중 30분밖에 지나지 않았음에도 벌써 탑의 정상에 가까워져 있었다.

'아니면 200레벨제한이었던 퀘스트를 거의 300레벨이 다 되어서 왔으니 당연한 건가?'

그러나 이안은 끝까지 긴장을 놓지 않았다.

항상 한계를 시험하는 무지막지한 퀘스트만 진행해 오다가 손쉬운 퀘스트를 하게 되니, 신나기 이전에 의심부터 하게 되는 것이다.

-잊힌 셀라무스의 가디언, '포레스트 골렘'에게 치명적인 피해를 입히는 데 성공하셨습니다!

-'포레스트 골렘'의 생명력이 497,098만큼 감소합니다.

-'포레스트 골렘'을 처치하는 데 성공하셨습니다!

-경험치가 879,500만큼 증가했습니다.

쿠웅-!

탑의 9층 마지막 복도를 지키고 있던 골렘까지 가볍게 처치한 이안은 한차례 숨을 고른 뒤 최상층으로 향하는 계단을 향해 발걸음을 옮겼다.

계단의 위쪽에서부터 강렬한 햇살이 쏟아져 내렸고, 그 너머에서는 지금까지와는 비교도 되지 않을 만큼 강한 존재감이 느껴졌다.

이안은 그것이 비룡일 것이라고 생각했다.

하지만 그곳에서 이안은 비룡 대신 반가운 얼굴을 만날 수 있었다.

"오랜만이군, 이안."

어딘지 모를 낯익은 목소리에, 이안의 두 눈이 살짝 커졌다.

그리고 목소리의 주인을 확인한 이안은, 그가 누군지 금방 기억해 낼 수 있었다.

"이클립스, 오랜만입니다."

백발에 백염을 길게 늘어뜨린 노인.

작은 체구에 어울리지 않는 거대한 박도를 등에 멘 노인의 모습은, 이 카일란에서도 충분히 특이한 비주얼이었으니까.

이안은 이클립스를 발견하자마자, 습관적으로 그의 머리 위에 떠올라 있는 정보를 확인해 보았다.

-이클립스 : Lv. 285/셀라무스 부족 소환술사

그리고 씨익 웃었다.

'뭐야, 이제 내가 레벨이 더 높잖아?'

이안의 웃음의 이유는 바로, 285라고 쓰여 져 있는 이클립스의 레벨 때문이었다.

처음 이클립스를 만났을 때의 레벨 차이는 100레벨도 넘는 수준이었으나, 이제는 이안의 레벨이 더 높아진 것이다.

그동안 이클립스의 레벨이 35레벨 정도 증가한 반면에, 이안의 레벨은 150 가깝게 상승한 것.

이안은 이 퀘스트가 생각보다 훨씬 쉽게 끝날 것임을 직감했다.

이클립스가 수염을 쓰다듬으며 입을 열었다.

"그나저나 자네는 생각보다 오래 걸렸군. 그때 보았던 자네의 잠재력이라면, 이보다 훨씬 빨리 비룡의 제단에 도전할 수 있을 줄 알았는데 말이지."

그에 잠시 멈칫했던 이안은, 고개를 끄덕이며 멋쩍게 대답했다.

"만반의 준비를 하느라 늦었습니다. 유일한 계승자로서, 셀라무스의 선조들을 실망시켜 드려서는 안 되니까요."

사실과는 조금 다른 변명이었지만, 그렇다고 다른 퀘스트가 많아서 차일피일 미뤘다고는 할 수 없지 않은가.

어쨌든 이안의 대답이 만족스러웠는지, 이클립스가 흡족한 표정으로 고개를 끄덕였다.

"과연. 자네라면 나는 물론, 선조들의 기대를 저버릴 일은 없을 것이라고 믿네."

"고맙습니다, 이클립스."

그리고 그 순간, 첫 번째 시험을 통과했음을 알리는 시스템 메시지가 이안의 눈앞에 떠올랐다.

띠링-.

-비룡의 제단 첫 번째 시험을 성공적으로 클리어하셨습니다.

-소요 시간 : 00:39:27/03:00:00

-클리어 등급 : SSS

-SSS의 등급으로 클리어 하셨으므로, 그에 맞는 등급의 보상이 부여됩니다.

-'셀라무스의 비전이 담긴 스킬 북' 아이템을 획득하셨습니다.

-명성을 25만만큼 획득하셨습니다.

예상했던 대로 Max수치의 클리어 등급이 나오자, 이안의 입에는 함박웃음이 걸렸다.

명성도 명성이지만, 보상으로 얻은 아이템이 무척이나 만족스러웠던 것이다.

셀라무스 비전 스킬 북은 이미 이전 퀘스트에서 얻었던 적이 있는 아이템이었다.

이안에게 '셀라무스 전사의 의지'라는 전설 등급의 전투 스킬을 얻게 해 준 최고의 스킬 북이 바로 이 아이템인 것이다.

하지만 이안의 행복은 더 이상 이어질 수 없었다.

시스템 메시지가 거기서 끝이 아니었기 때문이었다.

-규격 이상의 성적을 기록하셨습니다.

-셀라무스 선조들이 당신의 잠재력을 찬양하기 시작합니다.

-'셀라무스 부족의 시험(히든, 연계)'퀘스트가 상위 티어로 진화합니다.

-'셀라무스 부족의 절대자'퀘스트가 생성되었습니다.

함박웃음이 걸려 있던 이안의 얼굴이 삽시간에 굳어져 버리고 말았다.

-'셀라무스 부족의 시험(히든, 연계)'퀘스트가 상위 티어로 진화합니다.

-'셀라무스 부족의 절대자' 퀘스트가 생성되었습니다.

-퀘스트의 진화로 인하여, 보상이 상향조정됩니다.

-'정령왕의 심판 무기의 진화' 보상이, '정령왕의 심판 무기의 절대화'
로 변경됩니다.

이안의 눈앞에 시스템 메시지가 계속해서 떠오른다.

그리고 이안에게는 보이지 않았지만, 그의 주변으로 금빛
의 광채가 일렁이기 시작했다.

"과연……!"

그것을 본 이클립스의 두 눈이 초롱초롱 빛났다.

하지만 이안은 그 눈빛이 부담스러울 뿐이었다.

"하, 하핫. 그냥 원래 임무로 바꿔 주시면 안 되나요, 이클
립스?"

그러나 이미 발동되어 버린 퀘스트.

이안의 간절한(?) 부탁은 이클립스에게 씨알도 먹히지 않
았다.

"그게 무슨 말인가, 이안. 부족의 절대자에 도전할 수 있
는 임무는 아무에게나 주어지는 게 아닐세. 지금껏 우리 셀
라무스 부족의 수천 년 역사상 단 한 분만이 절대자의 자리
에 올랐을 정도지."

"그, 그럼 며칠 뒤로라도 미룰 수 없겠죠?"

"당연한 소리를! 영광스런 시험을 그런 식으로 자꾸 모욕
할 생각인가! 시간이 없으니 일단 움직이도록 하지."

"끄응."

이안은 결국, 앓는 소리를 내며 이클립스의 뒤를 따라 걸었다. 일단 퀘스트가 발동된 이상, 포기하고 가버리기는 너무 아까웠던 것이다.

'어려워진 만큼 커진 보상도 엄청나긴 할 텐데.'

문제는 영지전이 시작하기까지 시간이 하루 정도밖에 남지 않았다는 것.

당연한 얘기겠지만 난이도가 높은 퀘스트일수록 오래 걸릴 확률이 높았고, 자칫하면 영지전에 입장하지 못할 수도 있었다.

게다가 이번 영지전은, 이안이 빠질 수 있는 상황도 아니었다.

'그래, 할 수 있는 데까지 해 보고. 퀘스트 못 끝내면 포기하고 중간에 돌아가야지 뭐.'

이클립스를 따라 조금 걷자, 이안이 올라온 계단의 반대편에 거대한 마법진이 그려져 있는 것이 눈에 들어왔다.

이클립스는 그 위로 올라섰고, 이안 또한 따라 올라갔다.

그리고 마법진에서 뻗어 나온 하얀 빛무리가 두 사람을 휘감으며 사라졌다.

띠링.

-'천공의 전당'에 입장하셨습니다.

잠시 어두워졌던 시야가 환해지며, 이안의 눈앞에 새파란 하늘이 끝없이 펼쳐졌다.

그리고 그 하늘의 중심에는 새하얗게 빛나는 좁은 길이 길게 이어져 있었다.

이안의 시선이 길의 끝을 향했다.

'뭐지? 저기는 무슨 신전 같이 생겼잖아!'

너무 멀어서 자세히 보이지는 않았지만, 우뚝 솟아 있는 구조물들이 무척이나 멋들어져 보이는 모습이었다.

그런데 그 순간, 이안의 뇌리에 스쳐 가는 것이 하나 있었다.

'가만…. 그러고 보니 방금 최초발견 메시지가 뜨지 않은 것 같은데…?'

카일란의 모든 맵은, 최초 발견 시 알림 메시지가 뜨게 되어 있다.

그리고 어느새 이안에게는 당연한 일이 된 최초발견 메시지가, 오랜만에 떠오르지 않은 것이다.

그 말인 즉, 이안 외에도 이 맵에 들어온 이가 이미 있다는 것.

이안은 이클립스를 따라 길을 걸으며 그에게 물었다.

"이클립스, 여긴 어디죠?"

이클립스는 대수롭지 않게 대답했다.

"여긴 수천 년 전, 시카르 대륙을 호령했던 여덟 명의 사막부족 절대자들이 모셔져 있는 전당이라네. '천공의 전당'이라고 불리기도 하는 곳이지."

설명을 들은 이안의 두 눈에, 살짝 이채가 어렸다.

'오호, 그렇다면 셀라무스 부족의 퀘스트가 아니고도 여기에 들어올 방법은 충분히 있을 수 있겠는데?'

그리고 그제야 자신에게 최초발견 메시지와 보상이 뜨지 않은 것도 이해할 수 있었다.

셀라무스가 아닌 다른 사막부족의 퀘스트를 클리어하고 '부족의 절대자' 퀘스트를 받았던 유저가 충분히 있을 수 있는 것이다.

이안이 다른 퀘스트들을 하느라 이 셀라무스 퀘스트를 미뤄놨던 시간을 생각한다면, 그것은 충분히 가능한 얘기였다.

'누굴까? 샤크란? 레미르? 아니면 알려지지 않은 제3의 인물?'

최근 카일란에는, 알려지지 않았던 신진고수들이 제법 많이 등장하고 있는 추세였다.

뒤늦게 합류한 후발주자들이 랭킹 100위권 안으로 제법 많이 진입한 것이었다.

그래서 이안이 모르는 인물일 확률도 배제할 수는 없었다.

"이거 재밌는데?"


한편, 이안이 이런저런 생각을 하는 동안, 두 사람은 이어진 길의 끝에 도착할 수 있었다.

길의 끝에는 콜로세움을 연상케 하는 원형의 거대한 구조물이 있었고, 그 구조물의 중앙에는 기괴한 형상을 한 거인의 동상이 우뚝 서 있었다.

또, 외곽에는 각기 다른 외모를 한 여덟 개의 동상이 일정한 간격으로 둘러 세워져 있었는데, 그들이 이클립스가 말했던 여덟 명의 절대자일 것이라고 짐작할 수 있었다.

하지만 가장 거대한 크기로 세워져 있는 거인 동상의 정체는, 이안도 짐작할 길이 없었다.

중부 대륙에서 등장했던 거신족들과는 생김새가 완전히 달랐기 때문이다.

한마디로 표현하자면 마치 로봇 같은 느낌이랄까?

이안이 이클립스에게 물었다.

"이클립스 님, 이 거인은 누군가요?"

이클립스가 짧게 대답했다.

"우리 사막부족들을 멸망에 이르게 한 근원일세."

"……?"

"고대 거신족들의 기계문명이지."

"기계문명요?"

이안은 마른침을 꿀꺽 삼켰다. 뭔가 퀘스트가 더욱 걷잡을 수 없이 커지고 있는 것 같았기 때문이었다.

하지만 이안의 궁금증은 더 이어질 수 없었다.

여덟 개의 동상 중 하나의 앞에 선 이클립스가, 돌연 그 앞에 무릎을 꿇었던 것이다.

　"셀라무스의 절대자 에오스이시여, 전언을 받들어 최고의 셀라무스 전사를 데려왔나이다."

　이안은 호기심 어린 표정으로 뒤에서 그 모습을 지켜보고 있었으며, 이클립스의 말이 끝나자 마자 동상에 희뿌연 빛무리가 맺히기 시작했다.

　우우웅-!

　그리고 어디선가 웅혼한 목소리가 들려왔다.

　-수고했다, 이클립스. 이 남자가 네가 말했던 '이안'이라는 후인이로군.

　"그렇습니다, 에오스 님."

　-오랜 기다림이었다. 이자가 나의 기대에 미치지 못한다면, 나는 무척이나 실망할 것이다.

　"걱정하실 것 없습니다, 절대자이시여. 그는 분명 에오스 님의 뒤를 이을 자격이 있는 인물일 것입니다."

　-흐음, 그대가 그렇게까지 말하니 더욱 기대가 되는군.

　동상과 이클립스의 대화를 듣던 이안은, 이마에 식은땀이 흐르는 것을 느꼈다.

　'아니, 저 노인네는 대체 왜 자꾸 쓸데없는 말을 하는 거야?'

　이클립스와의 과다한 친밀도로 인해, 퀘스트가 자꾸 어려워지는(?)듯한 느낌을 받았기 때문이었다.

　하지만 이안은 신경 쓰지도 않은 채, '에오스'라는 이름의 동상은 계속해서 말을 이었다.

그의 음성이 울려 퍼질 때 마다, 동상이 하얗게 깜빡였다.

그리고 그가, 이안을 불렀다.

—셀라무스의 후예여. 이리 가까이 오라.

그에 다른 생각을 하고 있던 이안은 화들짝 놀라며 동상의 앞에 다가갔다.

에오스의 이름을 기억해 두었던 이안이 고개를 숙여 보이며 대답했다.

"부르셨습니까, 에오스 님."

—그래. 이안이라고 했는가.

"그렇습니다."

—그대의 이름은 이미 오래 전부터 듣고 있었노라.

"제 이름을 말입니까?"

—그렇다. 부족의 시험을 한 번에 S등급으로 통과한 셀라무스의 전사는, 처음이었으니까.

"그, 그렇습니까."

그런데 이안이 뭐라 대답해야할지 몰라 주춤 하던 그 순간, 그의 몸이 저절로 움직이기 시작했다.

캐릭터의 AI가 유저로부터 통제권을 가져간 것이다.

'이것도 오랜만이군.'

어쨌든 덕분에 이안은, 맘 편히 퀘스트의 진행을 지켜볼 수 있게 되었다.

그리고 자연스럽게 에오스의 말이 이어졌다.

─비룡의 제단을 찾아오는 것이 생각보다 늦었으나, 기대 이상의 역량을 보여 주었으니 그것은 책망하지 않겠다.

"감사합니다, 에오스이시여."

─하나, 지금부터는 나를 실망시켜서는 안 될 것이다.

"여부가 있겠습니까."

─좋아. 패기 하나만큼은 마음에 드는군.

잠시간의 정적이 흘렀다.

그리고 에오스의 말이 이어짐과 동시에, 이안의 눈앞에 새하얀 창이 떠올랐다.

─천공의 관문에 온 것을 환영하노라.

---

## 셀라무스 부족의 절대자 V (히든, 연계)

*천공의 관문 돌파

셀라무스 부족의 절대자이자, 고대의 일곱 사막영웅 중 하나인 '에오스'는, 당신을 자신의 후인으로 지목했다.

그리고 에오스의 후인이 된다는 것은, 셀라무스 부족의 절대자가 됨을 의미한다.

천공의 관문 돌파는, 사막부족의 절대자가 되기 위한 다섯 관문 중 마지막 관문이다.

하지만 당신은 첫 번째 관문인 '비룡의 탑 돌파'를 규격 외의 성적으로 달성하였고, 덕분에 세 개의 관문을 건너뛰고 마지막 관문에 도착하게 되었다.

그리하여 이제, 절대자가 되기 위한 마지막 하나의 관문만을 남겨 두게 되었다.

천공의 관문에 등장할 여덟 명의 절대자 중, 셋 이상을 상대로 승리한다면 당신은 사막부족의 절대자를 계승할 수 있을 것이다.

**퀘스트 난이도 : SSS**

**퀘스트 조건 :** 이클립스가 인정한 S등급의 셀라무스 전사.
레벨 2000이상의 소환술사 유저.
셀라무스 부족의 네 개의 관문을 성공적으로 클리어 한 유저.

**제한 시간 :** 없음.

**보상 :** '정령왕의 심판' 무기의 절대화.
　　　'정령왕 소환' 마법진.

　퀘스트를 관조할 수 있게 된 덕분에 찬찬히 퀘스트 창을 읽을 수 있었던 이안은, 놀랄 수 밖에 없었다.

　'뭐야, 연계 퀘스트를 세 단계나 건너뛰었다고?'

　애초에 연계 퀘스트 인지조차 몰랐던 '셀라무스 부족의 시험' 퀘스트였기에 그 놀라움은 더욱 클 수밖에 없었다.

　'이런 경우는 처음 보는데…….'

　사실 이안은 몰랐지만, 만약 일반적인 성적으로 첫 번째 관문을 클리어했다면 관문이 총 세 개에서 끝났을 것이었다.

　두 번째와 세 번째 관문을 클리어했을 때, 원래 쓰여 있었던 퀘스트의 보상을 받으면서 퀘스트가 종료되는 것이 정상이었던 것이다.

　그리고 그 후, 이클립스로부터 '셀라무스 부족의 절대자' 퀘스트를 다시 받아야 했었던 것인데, 이 일련의 과정이 전부 생략되어 버린 것이다.

이것은 순전히 3시간짜리 시간제한 관문을 30분대에 돌파해 버린 이안의 탓(?)이라고 할 수 있었다.

이안이 퀘스트 내용을 찬찬히 곱씹고 있던 그때, 돌연 에오스의 동상 앞에 새하얀 빛의 포털이 생성되었다.

우우웅–!

그와 함께 이안의 AI가 에오스를 향해 물었다.

"여덟 분의 절대자 중에는 에오스 님도 포함되는 것입니까?"

–그렇다.

"어찌 제가 감히 에오스님을 상대로 무기를 휘두를 수 있겠습니까."

–괜찮다. 관문의 절대자들은, 단지 우리 능력의 일부를 담은 환영일 뿐이니.

"그렇군요."

–이제 포탈의 안으로 들어가, 마지막 시험을 치르도록 하라.

그리고 그 순간, 이안은 자신을 통제하던 AI가 사라지는 것을 느꼈다.

이안은 망설임 없이 포탈을 향해 걸음을 옮겼고, 더 이상 에오스의 음성은 들려오지 않았다.

그런데 포털 앞에 도달한 이안은 문득 걸음을 멈추었다.

에오스에게 물어보고 싶은 것이 생겼기 때문이었다.

"에오스 님, 마지막으로 하나 더 여쭤도 되겠습니까?"

-말하라, 후예여.

"혹시 이 관문에, 저 이전에 도전한 이가 있습니까?"

이안의 질문이 끝난 순간, 갑자기 에오스의 동상에서 지금까지보다 더욱 환한 빛무리가 뿜어져 나왔다.

그에 이안은 불길한 예감이 들었다.

'뭐, 뭐지? 괜히 물어봤나?'

그리고 에오스의 음성이 다시 울려 퍼졌다.

-물론이다. 그대 이전에 두 명의 다른 부족의 도전자가 이 관문을 통과했으며, 다섯 명의 도전자가 이 관문 앞에서 좌절했느니라.

이안은 조금 놀랐다.

'그럼 여기에 나보다 먼저 왔던 유저가 일곱이나 된다는 소리네?'

이안이 다시 물었다.

"그렇다면 관문을 통과한 두 명의 도전자에 대해 여쭤도 되겠습니까?"

그리고 에오스의 음성은 친절하게 그에 대한 답변을 해 주었다.

-그들은 다른 부족의 후예이기 때문에, 내가 아는 것은 많지 않다.

잠시 멈췄던 에오스의 음성이 다시 울려 퍼졌다.

-다만, 첫 번째 도전자였던 '전사' 밀라쿠스의 후예는 일곱의 절대자 중 넷을 상대로 승리하였으며, 세 번째 도전자였던 '성직자' 세릴의 후예는 다섯을 상대로 승리했느니라.

"그렇군요."

−하여, 나는. 그대가 그들보다 뛰어난 역량을 보여 주기를 바란다.

그리고 이안의 불길한 예감을 증명이라도 하듯 뜬금없는 시스템 메시지가 떠올랐다.

띠링.

−변수 작용으로 인해 퀘스트 성공 조건이 변경됩니다.

−퀘스트 성공 조건이, 총 3회 이상의 승리에서 5회 이상의 승리로 변경되었습니다.

"후우⋯⋯."

이안의 입에서 한숨이 저절로 새어나왔다.

to be continued

가휼 퓨전 판타지 장편소설

# 아저씨 식당

**찾았다, 기막힌 동네 맛집**
**아저씨 식당!**
**알고 보니 힐링물계의 미슐렝 스리 스타?**

신을 베고 윤회의 운명에서 벗어난 이안
평범하게 살고자 식당을 오픈하다!
그런데 장사가 너무 안 된다?
이안은 결국 몬스터 고기로 특선 메뉴를 개발하는데……

엘프가 서빙하고 그랜드 마스터가 비질하며
드워프, 요정과 술 한잔하는 그곳!

**특선 메뉴에 담긴 오감 만족 이야기!**
**그 잔잔한 감동에 오늘도 배가 부르다!**

## 음악의 신들과 함께한다

이한성 현대 판타지 장편소설

# 철종 哲宗

## 강동호 대체역사 소설

『효종』『대망』의 작가, 강동호!
미래의 지식으로 군림할 철종과 돌아오다!

4년 차 역사학 시간강사 태수
전임 교수 임명에 제외된 날 트럭에 치였는데
정신을 차리니 철종이 되었다?

세계열강이 아시아를 욕심내는 1850년대
조선을 지키기도 벅찬 마당에
국정 농단으로 나라를 좀먹는 세도정치와
온갖 패악을 부리는 서원까지……

내탕금을 털어 키운 정보 조직을 이용해
내부의 적은 매려잡고
화폐개혁과 군사제도 역시 개편해
전쟁의 역사에 맞서 조선의 운명을 뒤바꾼다!

예정된 혼돈의 시대
시간을 거스른 철종, 진정한 군주가 되어
조선을 지키고 세상을 가질 것이다!